David Butter

A BOMBA

E OUTROS CONTOS DE FUTEBOL

mórula
EDITORIAL

REVISÃO
Marilia Pereira

ILUSTRAÇÕES
David Butter

CIP-BRASIL. CATALOGAÇÃO NA PUBLICAÇÃO
SINDICATO NACIONAL DOS EDITORES DE LIVROS, RJ
Elaborado por Gabriela Faray Lopes - CRB 7/6643

B993b

Butter, David
A bomba e outros contos de futebol / David Butter.
- 1. ed. - Rio de Janeiro: Mórula, 2024.
180 p. ; 21 cm

ISBN 978-65-6128-046-4

1. Contos brasileiros - Futebol. I. Título.

24-93092 CDD: 869.3
CDU: 82-31(81)

Rua Teotônio Regadas 26 sala 103
20021_360 _ Lapa _ Rio de Janeiro _ RJ
www.morula.com.br _ contato@morula.com.br
morulaeditorial morula_editorial

A Denise, Maya e Lila, minhas rochas,
A Anna, Claudio e Arthur, meus faróis,
Ao Flamengo, por todo e cada instante.

Prólogo

ESTE LIVRO REÚNE VINTE CONTOS e um poema que têm no futebol um horizonte. Cada um conta um mundo, à exceção de dois que se cruzam em torno de um mesmo clube imaginário ("O agente externo" e "O ateu"). Poderia tentar, mas duvido que conseguiria, por enquanto, evitar a convergência temática. É que o futebol sempre me deu moldura a algumas escolhas. Muito do que aprendi, com que trabalhei e pelo que agi passaram pelo futebol. O que conheço de países e lugares me veio, na origem do interesse, do futebol. O que sei de amizade me saltou sempre tingido pelo futebol.

No cômputo do livro, enxergo a paisagem das minhas obsessões. A morte ocupa "A bomba", que dá título ao livro, e "O torcedor que ficou aqui", um tributo a Murilo Rubião (uma enorme influência). A possibilidade de vivermos apenas numa dentre inúmeras dimensões percorre "Mundo Novo", que se construiu a partir de pesquisas para um livro sobre o Carnaval carioca de 1919, "A cabine", "Placares de vidro", "O sequestro", e "A partida", outra homenagem — dessa vez a João Cabral de Melo Neto, meu professor de engenharia lírica. O universo do sonho engolfa "A placa", de assumida inspiração em Jorge Luis Borges. A transcendência anima "O cativo", "Astro" e "O Golem do Méier", que é filho de pesquisas para um livro que não escrevi. A figura do duplo fornece a base para dois contos com algo de Adolfo Bioy Casares: "O ex-sósia" e "O alienígena", uma história desenrolada num futuro. Misturas das obsessões anteriores compõem "O fã", "Duda, a goleira", "A cobrança de Vágner Mineiro" e "Folia de Reis", talvez o meu favorito. "A costura" (conto familiar) e "Ir a um jogo" (poema bem flamengo) encerram o livro em notas mais pessoais.

Quaisquer omissões, exageros ou demais atrocidades digitadas correm por minha conta.

***

Este livro se fez possível, em primeiro lugar, pela paciência e pelo incentivo de Denise Dweck. Também deve muito às leituras atentas de Anna Butter, Arthur Butter Nunes, Claudio Manoel Soares Nunes, Gustavo Berocan, Eduardo Sincofsky, Matheus Berriel, Maurício Cardoso Couto e Michel Lachter. Por fim, agradeço à intrépida Mórula Editorial e, em especial, ao editor Vitor Castro, que, depois de minha estreia num ramo mais próximo ao da minha formação, o do relato jornalístico, acreditou neste projeto de ficção.

Duda, a goleira

TRINTA, QUARENTA CENTÍMETROS. Nas peladas, era mais fácil. No começo da base, aos dezessete anos recém-completados, também. Se uma bola voava alta por cima da grande área, Duda saltava com a atacante adversária para rebater; caso chegasse atrasada, esticava os braços — além do que qualquer pessoa conseguiria. Em divididas no chão, alongava também as pernas, abaixo do joelho. Quem estava perto desses lances se assombrava, mas não a ponto de acusar ao mundo o segredo íntimo de Duda. Faltavam câmeras, registros — em resumo, atenção — e o fato da elasticidade sobre-humana da jovem goleira soava apenas como lenda para quem não estava dentro do campo.

Mudou de figura às portas do profissional. Os jogos dali em diante seriam transmitidos, auscultados de diferentes formas por observadores remunerados e diletantes. Não se faria mais possível esticar os braços nem as pernas além de um pouco mais do que o esperado. Ainda que não houvesse uma super lente ao redor para capturar o detalhe do detalhe, como em certas partidas dos homens, Duda preferiu evitar uma exposição súbita de seu poder.

A goleira se adaptou. Poupou as pernas, que desconfiava espantarem mais, e aprendeu a deixar seus braços esticados de forma contínua por três horas. Antes da última preleção da comissão técnica, pré-jogo, travava os braços numa posição semiesticada, com as faixas de esparadrapo que os goleiros e as goleiras costumam aplicar ao redor dos punhos. No caso dela, entretanto, as faixas iam até a base do antebraço. Travados, os braços não iam aos quarenta centímetros, que atingia com facilidade, ficando num meio-de-caminho, com a metade. Os vinte centímetros eram suficientes para chegar melhor às bolas chutadas nos cantos e para cima.

* * *

Os poderes de Duda haviam se manifestado no meio da adolescência. Uma vez, movendo a cama, levou um susto ao ver os antebraços se distenderem sem dor e sem perderem força. A mãe, que puxava a cama junto, carregou a filha no dia seguinte a um consultório, ônibus adentro na cidade. Diante do doutor, os braços de Duda mal se esticaram. Raio-X, exame físico, nada irrompeu de anormal na investigação que se desenrolou da consulta em diante, afora um adensamento muscular acima do esperado para os quinze anos de idade que a menina tinha então.

Em casa, em contraste, o extraordinário virou paisagem. De tanto em tanto, os braços e as pernas de Duda surgiam esticados, à altura da ocasião apropriada. Um prato caído no chão; um chapéu velho esquecido sobre o armário; uma porta que, com as mãos ocupadas, só poderia ser aberta por baixo: a expansão corporal de Duda respondia a cada desafio. A mãe se acostumou. Passou a fechar mais as cortinas das janelas.

Duda era filha única. A mãe, viúva. Viviam num circuito fechado de afeto, esperança e cobrança. Sobre Duda, pesava desde cedo a expectativa materna de vê-la com diploma, de carreira assentada. Quando a filha começou a se destacar no futebol do colégio em que ela era bolsista e a mãe, inspetora, uma ou duas portas foram batidas com força no apartamento de um quarto. A mãe não queria que a filha perdesse tempo de estudo em treinos extras para o intercolegial, e fez o que pôde para segurar a imersão de Duda no esporte. Até o dia em que um olheiro apareceu à porta da casa, com a professora de Educação Física de Duda ao lado, para falar do talento da menina e da chance de jogar num clube grande. Duda passou logo no primeiro teste.

Da base ao profissional, a escalada transcorreu com naturalidade. Foi bicampeã estadual no Sub-20 pelo clube em que se formou. No mesmo ano da segunda taça, já como titular no gol, concluiu o Ensino Médio. Com dezenove anos recém-completados, alcançou a seleção brasileira da categoria, e se saiu campeã sul-americana, com apenas dois gols sofridos em nove jogos. Nessa altura, já usava as faixas de esparadrapo bem apertadas na base do antebraço. Mais do que a própria mãe, a primeira a aplicar as faixas na filha, Duda se recomendava cautela.

* * *

Subiu ao profissional no clube em que se formou. Sagrou-se tricampeã estadual, campeã brasileira e vice da Libertadores da América, com atuações de destaque. Estreou na lista da seleção adulta aos vinte e três anos, sem causar surpresa na convocação. Amistosos, Copa América, bateu Copa do Mundo, convocada ainda de reserva. Entrou no terceiro jogo, contra a Nigéria, substituindo a titular contundida. Não deixou mais o time. Espanha, Noruega e Alemanha, Oitavas, Quartas e Semifinais: apenas um gol sofrido, num chute que pegou Duda de visão encoberta pelo bololô de zagueiras e atacantes. Na Final, Brasil contra Estados Unidos.

O Brasil abriu o placar no início do segundo tempo. O 1x0 persistiu até os 44 minutos da etapa final, quando as americanas empataram numa cabeçada forte, direcionada ao chão, 1x1. O primeiro tempo da prorrogação, contra a expectativa de um suposto abatimento da seleção brasileira, foi do Brasil — duas bolas na trave. O segundo tempo extra correu sob domínio americano, sem converter a posse de bola em chance clara. Daí, pênaltis, com o Brasil batendo primeiro. Quatro cobranças convertidas de lado a lado, 4x4, uma bola brasileira no travessão e a chance americana de faturar o título... chute para fora. Dois gols para cada lado nas cobranças alternadas, 6x6, e 7x6 na oitava cobrança brasileira. Vez dos Estados Unidos, de uma zagueira que tomou distância e chutou com força, à meia altura.

O relato do que se passou então pertenceria às páginas da fantasia, não tivesse sido capturado por um caleidoscópio de lentes de câmeras e celulares, centenas, milhares, de todos os ângulos e perspectivas. Viu-se ao vivo nos quatro, quatrocentos cantos. Depois do contato com o pé da zagueira americana, a bola subiu reta, sem curva, rumo ao canto direito. Duda adivinhou errado, dobrou o joelho para buscar o outro lado, inclinou o tronco. No canto certo, ficou só o braço esquerdo de Duda. Foi numa fração de segundo: Duda esticou o antebraço como se a faixa de esparadrapo não estivesse lá, de uma forma inédita mesmo para ela.

Um metro e quarenta, um metro e meio. O antebraço esquerdo se projetou na raia do impossível. Faltaram microfones espalhados pelas casas, bares, escolas, igrejas, ônibus, trens, aviões, restaurantes, lojas e esquinas para medir o assombro, num efeito de suspensão coletiva que engolfou inclusive a tribuna, de onde a mãe de Duda via o jogo. Apesar da ausência de dados confiáveis de captação sonora, parece razoável supor ter reinado diante daquela cena, por um instante, um dos maiores silêncios da história do mundo. De punho fechado, Duda afastou a bola. Nem tudo que se desconfiaria, examinaria e se estudaria mais tarde conseguiria explicar como o natural poderia ser, ao mesmo tempo, tão estranho. Mal se percebeu, em meio ao turbilhão, que a canela esquerda de Duda também se esticou uns poucos centímetros com o movimento geral do corpo.

As brasileiras eram campeãs mundiais. A zagueira americana parou numa estátua de si mesma, como se fosse interrompida pela lava e pelas cinzas de uma erupção. As colegas de seleção de Duda, que acompanhavam abraçadas as cobranças, demoraram a comemorar. Assim que o antebraço de Duda voltou à posição esperada, ela se atirou ao chão, olhos para o alto. Em entrevista, dias depois, disse ter visto naquele instante um raio no céu. Não chovia.

Placares de vidro

Quando as gaivotas seguem a traineira,
é porque acham que sardinhas
serão atiradas ao mar.

[**ÉRIC CANTONA**, EM UMA ENTREVISTA]

QUANDO SAIU DA MAQUIAGEM, Domingos não encontrou ninguém no corredor de luz branca. A quinze minutos do programa, tomou o caminho do estúdio, também vazio. Pegou o lugar costumeiro na bancada, à esquerda de quem via, à espera do resto da equipe. Esperava uma apresentadora, outro comentarista e um ex-árbitro, além da equipe de áudio e vídeo.

O ar-condicionado resfriava o recinto como a um frigorífico, e o frio, ele mesmo, parecia estar ligado à matriz do único som ambiente: um ruído agudo, parecido com o de pequenos pedaços de vidro mexidos à distância. Havia uma televisão ligada no mudo, e ela reprisava cenas do grande jogo do dia.

Ninguém chegava. Domingos revisitou as anotações. Tinha o costume de listar tópicos para lembrar e organizar o raciocínio. Nos últimos anos, inclusive, as suas anotações para falar no rádio e na TV vinham se tornando cada vez mais completas, englobando o que antes parecia seguro de estar na memória. Quanto mais velho, mais detalhes depositava num pedaço de papel quase sempre pequeno e que, ao final de cada programa, parecia uma carta de prisioneiro mastigada por um cão policial. De rabo de olho, viu na televisão uma cena do apito final: "Fluminense 2x1 Cruzeiro", dizia o placar aplicado sobre a base da tela.

Havia ali um problema. Ele se recordava com clareza do jogo ter terminado 1x0. Repassou suas anotações: Fluminense 1x0 Cruzeiro, gol de Funes Macondo, ponta-direita colombiano. Do lance lembrava bem: um chute chapado no canto, aos 40 minutos do segundo tempo, sem chance para o goleiro. Como poderia estar assinalado 2x1 na televisão do estúdio?

Domingos checou o celular, atrás de informação — fora do ar. Eram 20h35, só disso pôde se certificar no aparelho. "Alguém taí?", perguntou na expectativa da resposta de alguma alma na sala de controle — sem sucesso. Saiu do estúdio, o corredor seguia deserto. Virou à esquerda, pegou um copo d'água no filtro e tomou o caminho de volta, que pareceu maior.

O estúdio estava ainda mais frio do que antes. Persistia o ruído de caco de vidro, como se chacoalhado. Domingos seguiu de copo na mão até a bancada, e logo percebeu que sua "cola" não estava mais lá. Olhou por baixo da bancada e da cadeira, depois no chão e pelos cantos do estúdio — nem sinal do papel amarfanhado.

Domingos estava à deriva, e, em sintonia com o naufrágio de seu conhecimento sobre o mundo, arqueou os ombros e se sentou no piso do cenário, na ponta que dava vista para a câmera 2. Não notou quando um assistente entrou no estúdio com papéis na mão. "O espelho", avisou o assistente, entregando o papel com a ordem dos assuntos do dia, onde se apresentavam os respectivos títulos de cada segmento em maiúsculas. "ABERTURA", "ESCALADA", "ABRE", "CRUZEIRO CLASSIFICADO"... o assistente foi embora falando no *headset*.

Nem deu tempo para Domingos perguntar se era aquilo mesmo, pois, como rememorava, o classificado havia sido o Fluminense. Domingos foi atrás do assistente. Atravessando a porta, já tinha perdido o rapaz de vista. Saiu mesmo assim, no encalço de uma pessoa que não via nem ouvia, por corredores que soavam inéditos, de curvas nunca percorridas. Quantos minutos se passaram na jornada por aquele deserto de paredes caiadas e salas apagadas?

— Domingos!

Domingos calculou vinte, vinte e cinco minutos passados, pois, assim que percebeu ter seu nome chamado, observou a tela do celular e subtraiu de cabeça a hora que imaginava ter visto antes no mesmo celular, ainda no estúdio.

— Domingos! Tá na hora!

Uma assistente puxou Domingos pelo braço, porta adentro, para outro estúdio. O cenário era próximo do que Domingos conhecia, com diferenças em acabamentos e cores. A friagem era glacial, e o vidro invisível seguia tilintando. Viu a apresentadora, que tinha o cabelo preto — estava ruiva. E o outro comentarista, careca — estava com cabelo. O ex-árbitro? Não era ele;

era outro, que Domingos nunca vira na vida. A equipe técnica, que se agitava na iminência da entrada no ar, congregava conhecidos mudados e completos desconhecidos. Um desses desconhecidos, num tom de familiaridade, perguntou a Domingos sobre a filha — Domingos ali tinha uma filha.

Domingos estava de fato em outro lugar — só não sabia qual, menos ainda o placar da partida ali. Talvez o jogo fosse outro, assim como os jogadores. E se nem houvesse o Fluminense naquele lugar? Tirou de novo o celular do bolso, sem sinal. Microfones postos, porta fechada, "Um minuto para entrar no ar", disse o diretor no sistema de som. Domingos teve vergonha de perguntar aos colegas sobre o placar, sobre os destaques da rodada, sobre o mundo.

Rodou a abertura. A apresentadora leu a sequência de destaques do dia, dentre eles: "4x3! No Maracanã, o Fluminense se classificou para as semifinais da Copa do Brasil num jogo que teve de tudo contra o Cruzeiro. É *toco-y-me-voy*". Se algum dia um homem se enxergou de fora do próprio corpo com um binóculo de lentes quebradas, deve ter vivenciado algo semelhante a Domingos naquele instante. Comerciais, retorna ao estúdio com a apresentadora:

— Boa noite, amigos. Boa noite, amigas. Vamos logo de cara com Domingos Perácio. Boa noite, Domingos. A sua primeira impressão sobre esse absurdo de jogo que vimos mais cedo no Maracanã?

Domingos mergulhou. Falou de tudo sem se comprometer com a factualidade de nada. Divagou sobre o imprevisível do futebol, evocou as grandes noites do Maracanã como um festival de mistérios, revestiu cada frase com o manto de uma sentença sobre a vida. O mingau agradou — Domingos percebeu na hora, pelas reações no estúdio. E seguiu nessa toada até o fim do programa: vago, ainda que gritando mil permanências.

Enquanto isso, num dos infinitos corredores com vista para uma das inúmeras salas de controle, outro Domingos via Domingos falando, sem nada conseguir escutar.

O torcedor que ficou aqui

Só um pensamento me oprime:
que acontecimentos o destino reservará
a um morto se os vivos respiram
uma vida agonizante?

[**MURILO RUBIÃO**, EM "O PIROTÉCNICO ZACARIAS"]

QUANTAS VEZES EU ME CONTEI que poderia morrer se meu time vencesse uma taça dentre aquelas que a todos importam? Não aconteceu. Eu já morri e não foi pelo meu time ter vencido nenhum troféu digno de nota. Pelo contrário: mesmo morto, sigo acompanhando, e já não sei o que vai acontecer se meu time sair campeão.

Já liberto do orgulho dos vivos, posso afirmar que, mais que uma previsão, morrer no futebol era meu desejo. Morri frustrado, pois engasgado com um naco colossal de carne num churrasco em Campo Grande. A decepção embutida em tal desfecho me rói até hoje.

Tinha 56 anos de idade quando deixei de ser qualificado como vivo, cinquenta desses anos passados na arquibancada. De corpo presente, acompanhei meu time ganhar um título estadual de Segunda Divisão e outro de copa, também estadual, secundária. Vi vitórias tão épicas quanto escassas contra outros grandes — não, na contramão dos detratores meu time nunca deixou de ser grande.

Meu enterro teve bandeira do clube no caixão, hino entoado e um lamento difuso a percorrer as rodas dos meus amigos: "por que os bons morrem tão jovens?". Num autoexame, enxergo nessa pergunta dois erros: sempre fui velho e desconfio que jamais tenha sido bom.

Nem os mais solitários dentre os vivos podem imaginar a solidão de um morto que ficou entre os vivos por causa de futebol. Ainda tive poucos encontros com meus pares defuntos, iniciados com esbarrões em esquinas e avistamentos em locais fechados, notadamente em cinemas e restaurantes (infelizmente não descobri como me alimentar estando como estou). Aqueles mortos com que topei persistem por aqui por razões alheias ao futebol: família (que eu bem já não tinha quando morri engasgado), desejo, vingança, curiosidade e até apatia.

Uma vez, num jogo de turno, vi a partida do alto da marquise da arquibancada. Tive a impressão de que um pombo assistia o jogo ao meu lado. Desconfiei da possibilidade de reencarnação, pois o pombo reagia ao que se passava em campo; enfurecia-se e vibrava, dentro dos limites impostos pela natureza a uma ave. Puxei conversa. O pombo arrulhou. Nada compreendi. Falta-me, ainda, o domínio de tal idioma.

Engana-se quem acredita que a morte venha sucedida por algum tipo de tutorial, ou de "*onboarding*", como diziam meus chefes quando eu vivia. Morri sem saber o que atravessaria e sigo sem entender mesmo depois de adentrar o sei-lá-o-quê da morte. De conhecer mesmo, na condição em que me encontro, só posso afirmar conhecer o futebol. Esse conhecimento me dá pelo menos uma vantagem em relação aos mortos que conheci: por meio do futebol, posso me localizar e agarrar ao fluir do tempo; ao contrário deles, que perambulam vagos por um presente estendido. A medida e a âncora do tempo me vêm da periodicidade das temporadas, divididas como são em rodadas e turnos, fases e decisões, e repetidas de ano em ano.

Sei, por exemplo, que se passaram 25 temporadas — 25 anos, portanto — desde a minha morte. Quatorze dessas temporadas foram do que eu já estava acostumado: um conto de amor e desencanto. Na décima quinta temporada, meu clube foi comprado por um bilionário excêntrico, que só posso conceber como um suicida patrimonial, dado que pouco retirou de lucro até hoje. Na décima sétima temporada depois da minha morte, disputamos a Série D do Brasileirão pela primeira vez em uma década. Até a vigésima terceira temporada, já tínhamos retornado à Série A e às cabeças do Estadual, ganhando aqui e ali de grandes como nós. Na vigésima quinta temporada, isto é, a temporada presente, o objeto de minha fixação chegou à Final da Copa do Brasil, feito inédito.

O primeiro jogo da decisão foi no Maracanã. Vencemos por 2x1, de virada. Vi de perto, por ter efetuado uma viagem entre os bairros, no vácuo de um ônibus. Para mim, que mal saio da vizinhança do velho estádio do meu clube, foi uma epopeia. Voltei para o bairro em segurança, no balançar de uma bandeira.

O segundo jogo será fora de casa, a 800 quilômetros do meu pouso habitual. Mas como cobrir tamanha distância? Indeciso sobre os meios, inepto na arte de estar morto, desisti de ir. Escolhi com dois dias de antecedência um botequim próximo para ver o jogo na TV, mas mudei de ideia rapidamente. Bateu a velha coceira, mais velha do que a minha vida — não poderia estar longe logo agora. Ganhei impulso no bafo de três bêbados, puxei energia dos suspiros de três casais e subi até onde pude. Bati com uma massa de ar quente, rumo ao sul. De carona, fluí com ela. Caí sobre o meu destino no dia da partida, a dois quilômetros do estádio da final, navegando gotas de chuva.

Escrevo agora este testamento longe de minha terra, com a tinta do ar. Flutuo num sopro entre um pai e um filho, ambos torcedores do meu time. Temo um ponto final logo nos meus melhores dias, considerados na conta aqueles em que eu ainda vivia. Não sei se a jura de que morreria em caso de um título importante me será cobrada a esta altura (por quem?). Tampouco estou certo se poderei argumentar que, no fim das contas, já estava morto há 25 temporadas.

Venceremos.

A cobrança de Vágner Mineiro

NO MOMENTO EM QUE VÁGNER MINEIRO, que é carioca, recebeu a proposta, pensava em como conseguiria chegar em casa tão tarde, já que dependia do trem. Na realidade, seguiu pensando nisso mesmo depois do convite ser enunciado, pois, a bem da verdade, não ouviu. Escutou sem processar.

Quem fez a proposta foi um amigo de um primo, que talvez nem fosse amigo mesmo do primo — primo que, aliás, era primo de consideração. E o que o suposto amigo do quase-primo disse só ficou claro na repetição: Vágner receberia um bom dinheiro (o equivalente ao que pagaria por três anos de aluguel) para bater uma falta.

Vágner jogava na várzea. O futebol fazia parte da sua vida desde moleque, quando das peladas saltara ao futebol de base, numa trajetória interrompida mais tarde, às bocas do profissional, por uma ruptura do ligamento cruzado anterior e do menisco do joelho esquerdo. Era bombeiro hidráulico de profissão, o que não vem muito ao caso. O que importa, para o efeito deste relato, é que Vágner era um desses jogadores capazes de aperfeiçoarem um fundamento ao extremo, em detrimento de quase todo o resto. Corria pouco, marcava menos ainda, cabeceava mal, pouco errava passes fáceis, tinha alguma visão de jogo, mas o que fazia de extraordinário mesmo era cobrar faltas.

Não era batedor de uma só pegada na bola. Chutava com efeito e curva, e reto, como uma flecha; procurava o alto, e o canto rasteiro; buscava o lado descoberto, e o lado do goleiro, só para mostrar que podia; ia leve e com força; complicava o arqueiro de perto e de longe. Inclusive parecia se aprimorar com o tempo: cobrava melhor aos 38 anos de idade do que aos 25, mesmo batendo menos faltas, porque cada vez mais começava as partidas do banco, como reserva, e entrava para mudar o placar num tiro livre direto — o que muitas vezes de fato conseguia. A prova estava nos vídeos amadores espalhados nas redes sociais, além de uma reportagem ou outra na televisão. O atleta Vágner — que era mineiro por ter chegado a um treino com duas sacolas de queijo, ainda nos tempos da base, no Bangu — seguia relevante num nicho.

"Fechou?", perguntou o amigo do primo, sentado diante de Vágner numa mesa de bar. Vágner pediu mais detalhes. A tarefa era bater uma falta do alto da laje de um galpão. A barreira seria o muro de um presídio. A bola só precisaria passar por cima do paredão e descair. A distância era de 50 metros: "Um pouco mais, um pouco menos do que aquele do Roberto Carlos contra o Grêmio, no Parque Antarctica" — essa fala Vágner guardou bem, pois lembrava daquele gol.

Vágner disse "não". O amigo do primo sorriu como se fosse "sim". Vágner disse "não" de novo. O amigo do primo falou que ligaria. Vágner perguntou do que era a bola. "É uma bola", respondeu o amigo do primo, já saindo. Vágner disse "não" pela terceira vez. Voltou para casa no último trem.

Foi numa quarta ou numa quinta-feira cedo. Vágner estava em casa. A esposa tinha saído para levar a filha à escola. "Tamo chegando, pega pelo menos a chuteira", veio assim a mensagem escrita por um número desconhecido. Não passaram cinco minutos, bateram à porta. Vágner abriu. "Tá com a chuteira?", perguntou o amigo do primo, que vinha de máscara descartável no rosto. Vágner viu atrás dele um carro de vidros com película, com o motor ligado, parado diante de sua casa. Entendeu que era de bom tom pegar a chuteira. Catou um saco de mercado, enfiou o par, fechou a porta de casa, entrou no carro com o amigo do primo e, assim que notou um motorista e mais dois lá dentro, meteram um capuz na sua cabeça. O carro rodou por uma hora, pelo menos. No meio-tempo, trocaram seu tênis pela chuteira. Quando o passeio terminou, Vágner saiu escoltado por dois, um em cada braço, dez metros no solo e daí mais um lance de escada acima. Lá no alto, sacaram o capuz e meteram uma máscara descartável no seu rosto.

Estava na laje do tal galpão, à beira de uma rodovia. Havia três bolas gastas à sua frente, as três com marcas de uso e atrito. Notou que tinha esquecido o celular em casa. "É ali, ó", apontou o amigo do primo. Eram mesmo 50 metros até o muro, do qual tinha visão parcial. Entre a laje e o trecho do muro havia um terreno baldio, com uma casa abandonada. O dia era claro, limpo, de sol manso e sem vento. Vágner puxou a bermuda para o meio das coxas. Afastou as outras bolas para o lado, ajeitou a que escolhera no chão, pegou um ângulo, tomou distância. O chute saiu como um lançamento; a bola tomou uma parábola para fora, subiu, descaiu, passou o muro sem tocar o arame farpado. Despontou menos Roberto Carlos pelo Palmeiras contra o Grêmio e mais Diego Ribas pelo Flamengo contra o River Plate, um passe à distância.

Vágner baixou a cabeça. Não ouviu quique nem explosão. Foi encapuzado, levado escada abaixo, metido no carro e deixado numa praça perto de casa, não mais do que vinte minutos depois. Em casa, notou que a esposa tinha chegado e já saído de novo, para o trabalho.

Na noite do dia seguinte, recebeu uma encomenda das mãos de um portador. Era o dinheiro combinado.

Uma semana depois, viu na TV uma notícia sobre o sumiço de um detento de um presídio na região metropolitana. Os investigadores trabalhavam, contava a reportagem, com diferentes hipóteses, desde uma fuga pelas galerias de esgoto até uma saída num caminhão de serviço, pelas docas. As imagens de circuito interno não ajudavam a esclarecer o acontecido. No último registro visual do desaparecido, o preso surgia no momento do banho de sol. Por defeito na captação ou por adulteração posterior das imagens (hipótese considerada remota pelos peritos), a figura do preso aparecia próxima a uma bola de futebol e, alguns quadros de vídeo depois, já não estava lá.

Os presos não relataram nada de suspeito. Cinco funcionários foram suspensos, à espera do inquérito. Dentre eles, estava um guarda que trabalhava no dia do sumiço do presidiário. Interrogado, esse guarda demonstrou sinais de desorientação e delírio, confirmados por um psiquiatra como sintomas de algo grave. No depoimento, forneceu informações desconexas sobre clarões e esferas de luz, portões circulares que se abriam no ar e corredores ocultos, impossíveis de enxergar com olhos de gente. Outro agente, tido como são, acabou sendo confessado e assinou uma declaração de culpa por algo que não tinha feito. O assunto acabou esvanecendo do noticiário.

O desaparecido cumpria pena por contrabando, tráfico de armas e ocultação de cadáver. Era considerado um detento de bom comportamento, apesar da presumida periculosidade. Teria mais quinze anos pela frente de cadeia, talvez dez.

Vágner ainda encarou mais dois anos de competição na várzea, até pendurar as chuteiras para efeitos competitivos. Em suas últimas 25 partidas, fez 14 gols — 12 de falta e dois de pênalti. Nunca mais viu o amigo do primo — primo que, aliás, não sabia de amigo nenhum.

34

O fã

EDGAR ERA UM VELHO fixado em alguns marcos de juventude. Seu penteado era de tigela. Seu pescoço, sem papas. Seu corpo, seco. Parecia, entretanto, ter passado 35 anos da sua vida numa fila de banco. É que o corpo, na verdade, era de gárgula. O pescoço, de veias de rodovia. O penteado, uma cascata de cabelos brancos.

Edgar era sobretudo um torcedor. Sua relação com o futebol poderia ser classificada como abusiva. Batia ponto bem perto do banco de reservas nos jogos em casa, comprava produtos com dinheiro que não tinha e acompanhava notícias do seu clube como se esperasse uma tábua do Monte Sinai, a ponto de perceber, até ele, o custo daquela conexão esportiva para o resto da sua vida. Quando seu time sofria uma derrota, não havia mais semana. Quando seu time vencia, virava um maníaco turbinado por uma droga refinada no orgulho. Em qualquer cenário, sempre vestia uma peça de roupa do clube. Sua família o tinha por caso perdido. Os amigos do futebol, por mais fanáticos, também.

Edgar mudou como torcedor quando chegou ao seu clube o lateral-direito Zamorano, capixaba de 24 anos de idade e sem relações de parentesco com o lendário atacante chileno. Defensor que "fechava linha", pragmático, o Zamorano brasileiro não se aventurava em campo e, saído de uma experiência boa e de outra ruim no futebol europeu, voltava ao Brasil para "recomeçar por cima" — no time de Edgar.

Até Zamorano vestir a nova camisa, Edgar não era capaz de expressar nenhuma opinião sólida sobre o futebol do lateral-direito. Vira pouco dele, lera menos ainda, buscara na internet o básico do histórico do novo contratado para expressar em seus grupos de comunicação um otimismo genérico, que logo se dissiparia.

O ódio a Zamorano veio para Edgar no primeiro lançamento — ou no primeiro drible, talvez no primeiro desarme. Se perguntado ao fim da estreia da nova contratação sobre o que precisamente o irritara, talvez Edgar não fosse capaz de distinguir a matriz de tanta repulsa. Na contramão dos companheiros imediatos de arquibancada, Edgar não vira nada bom no futebol de Zamorano no primeiro jogo, nada.

Com o passar das rodadas, o odiador foi montando, sem ter ciência disso, o equivalente a um dossiê sobre o odiado. Quando errava um chute a gol, Edgar notou, Zamorano olhava para cima — Edgar, num inesperado reencontro com o seu eu mais ancestral, descobriu que sempre repugnara essa atitude, desde a primeira pelada da vida. Ao ver-se cercado de marcadores, eis o que revoltava Edgar: Zamorano nunca despachava a bola longa, insistia no passe curto, apesar do risco e até da falta de opções claras. Se o time perdia, Edgar detectou, Zamorano não saía do campo cabisbaixo — como podia ele deixar de se cobrir com pano de saco e de espalhar cinzas sobre a cabeça, como faziam os antigos de Israel? O jeito de matar a bola, as entradas muito suaves e as muito duras, assim como as tatuagens, as postagens em redes sociais e o cabelo lambuzado de um gel de firmeza industrial que nunca despenteava: Edgar só não odiava em Zamorano o que não enxergava ou não presumia.

Perto do fim da temporada, quando já batia no teto do seu odiar, Edgar calhou de ficar cara a cara com Zamorano, por um irrefreável acaso. Eis como: sucedeu a Edgar ir ao dentista para tratar um canal, depois de muito adiar. Arranjou até folga do trabalho, gastou meia tarde naquele suplício socialmente aceito, provou no banco do dentista a dor de gerações, apesar da anestesia local que converteu seu rosto, pelo que pareceu uma eternidade, no equivalente a um desses bonecos de palhaço em barraca de tiro ao alvo. Trôpego, derrotado, deixou o consultório e aguardou o elevador lamentando o plano odontológico, com saliva escorrendo. Assim que a porta abriu, saudou sem olhar o único a bordo com um "boa noite", mas, no lugar da saudação, brotou da boca imobilizada qualquer coisa de indecifrável. Três andares o elevador desceu até travar, quando Edgar notou: o outro no elevador era Zamorano.

"Vou tocar o alarme", disse Zamorano. Edgar balbuciou, tentando responder "beleza". Sob o fundo sonoro da campainha disparada, o jogador seguiu puxando conversa: "que situação", "já aconteceu com a minha mãe umas duas vezes", "espero que venham logo", "e eu, que tenho que pegar minha filha na escola?" — falas a que Edgar, ainda sob efeito da anestesia, só pôde responder com muxoxos.

Num dos silêncios, passou-se algo inesperado. O rosto de Zamorano caiu como uma máscara de cera. Onde deveria haver o rosto do jogador raiava apenas um vão, em que se enxergava um céu tomado por estrelas e nebulosas. Durou pouco, mas o suficiente para Edgar fixar a imagem na memória. Com a naturalidade de um míope que busca os óculos despencados, Zamorano se abaixou, catou o que havia se desprendido, levantou-se e, moto contínuo, recolocou o rosto no lugar. Edgar se arrependeu de não ter tirado o celular de tela rachada do bolso.

Mais um "tá demorando", outro "tá complicado" de Zamorano, dois ou três murmúrios de Edgar, o elevador voltou a se mover. No total, haviam-se passado não mais do que quinze minutos.

Quando chegaram ao térreo, Zamorano pediu para tirar uma selfie dentro do elevador, para que lembrassem do sufoco; Edgar nem negou nem acedeu; a selfie aconteceu.

(Na foto, publicada minutos depois nas contas de Zamorano nas redes sociais, com a legenda "Sufoco de hoje! Preso no elevador com esse sujeito incrível!! Pronto pra outra!!! E #Zamo02", Edgar ostentava o sorriso congelado e interrompido de quem percebia um acidente prestes a acontecer — não havia mais acidente; era só efeito da anestesia.)

Como retribuição pela foto, Zamorano sacou uma caneta do bolso, apontou para o boné de Edgar (que era a peça de roupa do clube que ele usava naquele dia) e fez um sinal de assinar; Edgar respondeu balbuciando uma nulidade semântica; Zamorano deu o autógrafo.

Zamorano atuou de titular no domingo seguinte, jogo de campeonato com vaga na Taça Libertadores da América em disputa. Depois de uma atuação regular, acabou substituído por um zagueiro, a 15 minutos do apito final, com a vitória por 3x0 e a vaga já seguras. Edgar estava na diagonal em relação ao banco de reservas, bem próximo.

Quando colocou o pé fora de campo, Zamorano notou um grito, quase um urro. Reconheceu Edgar. Sorrindo, andou em direção à murada, e ouviu: "Zamorano, seu lixo. Você só me decepciona! De quem eu vou reclamar agora?".

LOS
HIJOS
DE
BRANDONI
DOCK SUD
2034

O alienígena

"EU NÃO SEI SE SOU A MELHOR PESSOA para explicar, mas nós estamos aqui para..."

Juan Brandoni nem completou a frase. Enquanto era entrevistado por um canal de TV de Buenos Aires às margens de uma manifestação, o caminhoneiro residente em Avellaneda acabou sugado por um feixe de luz vindo de cima. Nas imagens transmitidas ao vivo, a câmera empina, busca a fonte do raio e não capta mais do que um semicírculo luminoso nas alturas. Juan era sindicalizado, usava colete quando sumiu, mas não apitava nada no sindicato.

A ocultação de Juan Brandoni rendeu manchetes pelo mundo e, por óbvio, capturou a imaginação dos argentinos. Houve quem lesse no desvanecimento daquele homem corpulento de 34 anos um sentido religioso, como se Juan houvesse sido arrebatado da Avenida Nove de Julho num prenúncio do Apocalipse.

Os nacionalistas construíram daí, enxergando na extração do "patriota Juan" a marca da eleição coletiva da nação argentina pela Providência. Os críticos declarados do chauvinismo viram o contrário: um sinal, por ora inexplicável, do rebaixamento do *status* do país, uma espécie de castigo por escolhas político-econômicas erradas do passado. Analistas afiliados a diferentes campos do conhecimento desconfiaram de dedos ou tentáculos de alienígenas. Uma minoria ruidosa dentre esses ufólogos de cátedra ou de ocasião acrescentou uma leitura política à trama: uma civilização extraterrestre com tecnologia suficiente para chegar à Terra deveria, pela extensão lógica do materialismo histórico, já se encontrar no estágio do comunismo e, portanto, caberia ler o "resgate" do "companheiro Juan" numa chave revolucionária. Os torcedores do time de Juan, o Dock Sud, não escolheram lado no imenso debate nacional; ecumênicos, confeccionaram uma bandeira em azul e amarelo com reproduções do rosto do caminhoneiro e do bumbo que ele tocava na arquibancada.

Dez meses depois da manifestação, como se nada tivesse se passado, Juan regressou noutro feixe de luz. E isso para a surpresa dos aglomerados a cambiar pesos por dólares numa "cueva" na Calle Florida. Dado que ele vestia as mesmas roupas e sorria com mesmo feitio indeciso de quando se tornou famoso, os clientes da casa de câmbio saltaram a produzir imagens que figuraram em instantes nas redes sociais sob o selo predominante "*#JuanVolvió*". Assim que venceu o tumulto das selfies e colocou os pés na calçada, Juan topou com equipes de TV já posicionadas para uma entrevista.

Falou ao vivo com o alcance comunicativo digno do anúncio de um plano econômico. Saudado pelos repórteres, Juan perguntou "antes de qualquer coisa" sobre "como andava o Docke" — "décimo quinto na Primeira B", logo foi informado. Suficientemente sério, como se descrevesse um defeito na embreagem de seu caminhão, contou: passara os últimos dez meses numa civilização extraplanetária que idolatrava o ex-jogador Lionel Messi: "Messi está em tudo entre eles. Vocês podem acreditar que eles me falavam em espanhol de Rosário?". Detalhou o clima, a arquitetura, os costumes dos seres com que conviveu: "são pessoas iguais a nós em tudo, salvo nos olhos, completamente negros". Afirmou que seus anfitriões eram capazes de portentos da tecnologia, da cura imediata de unhas encravadas ao teletransporte ultrafótico, mas não se mostraram capazes de preparar "um bom mate". Ignorava de forma decidida o plano maior de seu próprio destino: "Nunca me explicaram por que eu estava ali. Só me diziam para desfrutar". Era nítido, pelo tom adotado pelos profissionais de imprensa na segunda metade da entrevista, que eles haviam passado a tomar Juan por louco. Muitos argentinos, vendo a entrevista ao vivo ou gravada, pensaram o mesmo. É certo que Juan não se ajudou ao se despedir dizendo que precisava voltar para casa para "interrogar seu cachorro".

Houve, entretanto, um inconveniente factual grave a quem não deu ao menos uma fibra de crédito ao relato do caminhoneiro. Pois o que se sucedeu superou — ou pelo menos igualou — em estranheza o que Juan havia relatado. Em paralelo à "desabdução" de Juan na cueva da Calle Florida, centenas de juanes surgiram em torno do mesmo momento em diferentes partes do território argentino, além de meia dúzia na Flórida, raiando dos contextos mais corriqueiros aos mais exóticos. Em Neuquén, Juan irrompeu na cantina de uma escola. Em Santiago Del Estero, Juan despontou no coreto da Plaza Libertad no meio do ensaio de uma banda de sopro. Num *country* nos arredores de Buenos

Aires, ao lado da caixa de um mágico numa festa de criança. Em Córdoba, no telhado de uma delegacia. Em Mar del Plata, no mais congelante dos frigoríficos. Em San Miguel de Tucumán, numa sala de cirurgia onde um bancário era operado de uma hérnia umbilical. Igrejas, sinagogas, mesquitas, cassinos, bancos, postos de gasolina, cinemas, casas de particulares, barracos em *villas miseria*, orfanatos, depósitos, fábricas, restaurantes, bares, escritórios, ruas, estradas, estações de metrô e trem, terrenos, parques, gretas e abismos em desertos, picos nevados, praias, gramados de futebol, descampados na pampa sem fim: pelo menos uma instância de Juan despontou em locais desse tipo, e além. Como reportado logo nas primeiras horas, não eram bem cópias de um Juan original — eram todos Juan. Falavam como Juan. Faziam as mesmas perguntas. Contavam as mesmas histórias, com ligeiras variações de estilo. Aparentavam agir e processar informações de igual maneira.

Ao longo do mês seguinte, foram achados — sob impressão geral de existirem mais ainda — pelo menos setecentos juanes entre Ushuaia e La Quiaca e na Grande Miami. Passaram por exames físicos, testes genéticos, avaliações psiquiátricas, esquadrinhamentos de cada aspecto do ser sob supervisão direta do governo argentino, em cooperação com uma universidade norte-americana. Os resultados nada indicaram além da concretude vital de ali, fosse onde fosse, estar Juan Brandoni.

Por mais insólito que ecoasse ao primeiro contato, o fenômeno da multiplicidade de juanes caiu na rotina num espaço de alguns anos. Passando uma semana em Buenos Aires, era virtualmente impossível não esbarrar com Juan Brandoni. Com sorte, numa tarde qualquer, até um turista poderia ver Juan Brandoni comer um filé à milanesa, equilibrar pratos num sinal de trânsito e pedir dinheiro para uma organização humanitária, tudo no espaço de dois quarteirões. A admiração passou a se misturar com algum esnobismo — virar a cara a Juan Brandoni transformou-se, para alguns jovens, num mecanismo de afirmação. "Lá vem Juan Brandoni" se popularizou como bordão na voz de um comediante, enterrado no seguinte formato de sucesso: em uma conversa com um interlocutor qualquer, o comediante contava um segredo infame e engraçado sobre um terceiro, ausente (fosse ele um parente, um vizinho, um colega de trabalho), mas nunca terminava a história, pois "lá vinha Juan Brandoni". Até os encontros promovidos na TV entre Juan Brandoni e Lionel Messi, o único, tornaram-se comuns.

Quem ainda se dava ao trabalho de monitorar mais de perto a vida dos juanes terminava por atinar que cada Juan era um mundo. Apesar de serem todos o mesmo Juan que fora abduzido em meio à entrevista no protesto dos caminhoneiros, eles exercitavam, desde o retorno à Terra, as múltiplas possibilidades de um homem. Como explicar Juan Brandoni, o guitarrista celebrado de cumbia? E Juan Brandoni, o vencedor de um *reality show* de sobrevivência? Afinal, quem dava conta de Juan Brandoni, o polímata que rendeu à Argentina o Prêmio Nobel de Física pela inclusão indisputável da gravidade numa radical teoria do campo unificado? Juan era cada um deles, por trilhas diferentes.

O Dock Sud acabou sendo um dos maiores beneficiados pelo regresso múltiplo de seu torcedor famoso. O próprio Juan Brandoni — todos os juanes eram o próprio Juan Brandoni — treinou o Docke e liderou o clube de novo à Primeira Divisão. De carona no interesse pelo caso e, em consequência, pelo clube que era objeto comum da paixão de Juan em todas as suas variantes, uma multinacional do ramo de bebidas firmou com o Dock Sud um longo e generoso contrato de patrocínio. A parceria permitiu ao clube do bairro portuário se reerguer e acabou contribuindo, mesmo que essa não fosse a intenção original, para a delimitação mais precisa do escopo dos juanes.

Ocorre que uma agência de publicidade contratada pela multinacional se pôs a buscar e catalogar todas as facetas de Juan Brandoni para a produção de um comercial. A ideia do anúncio era posicionar de pé uma multidão de juanes (menos um) na arquibancada popular do Estadio de los Inmigrantes, enquanto o Juan restante, vestido com o uniforme oficial do Docke, beberia um refrigerante em campo. A revelação do Juan do gramado se daria no penúltimo instante do vídeo publicitário, à qual se seguiria o slogan em tela: "Todos por uma". Algo de uma cretinice luminosa.

Tanto a agência quanto a multinacional faziam questão de reunir os juanes autênticos, sem recurso a computação gráfica. Queriam um "evento" que transbordasse uma mera campanha, de olho em prêmios em futuros festivais de publicidade. Era necessário, portanto, localizar, convencer, contratar e trazer Juan Brandoni, todo e cada um, na medida do quase impossível. E, para isso, um jornalista convertido pela lei do mercado em pesquisador (eu) montou e comandou uma equipe de investigação.

As primeiras sete centenas de juanes, reportados pela imprensa e localizados pelas autoridades previamente, puderam ser achados com relativa facilidade, inclusive cinco presos e três que haviam morrido. Outros juanes, dos quais apenas se intuía a existência, levaram algumas semanas para serem localizados. Eram juanes encerrados em fazendas esquecidas, juanes andarilhos, juanes eremitas, juanes monásticos, juanes que haviam negado o mundo, juanes mendicantes, juanes loucos, juanes que comiam do lixo

— cerca de duas centenas de juanes adicionais, nunca contabilizados de modo rigoroso. A cifra final, tida então como definitiva, bateu nove centenas de formas de ser Juan Brandoni.

Por efeito do cachê e também por senso de solidariedade entre iguais, todo e cada Juan Brandoni achado vivo e em liberdade concordou em se postar de pé na popular do Estadio de los Inmigrantes numa noite de outono (afora o Juan Brandoni que permaneceu em campo). Os três juanes mortos se fizeram representados por placas postadas em lugares vazios. Os cinco juanes presos foram lamentavelmente ignorados. O anúncio, como previsto pelos seus idealizadores, acabou sendo premiado.

Alguns dias atrás, encontrei uma folha de papel junto à porta de casa, deduzi que passada por baixo, de fora para dentro. No papel, constava uma tabela com a quantidade de gols que Lionel Messi marcou ao longo da carreira, encerrada há algum tempo. A soma desses gols vinha circulada em caneta — notei na hora: era o equivalente ao número total de instâncias confirmadas de Juan Brandoni mais dois.

O que fiz com essa informação? Pouco. Verifiquei o dado sobre os gols de Messi (batia). Revisei o cômputo de juanes de minha pesquisa (havia lembrado direito). Busquei a câmera de segurança do corredor do meu andar (vi o próprio Juan Brandoni atravessando a folha de papel por baixo de minha porta; vestia uma camisa do Docke com "*NO ESTABA*" escrito nas costas). Não fui além, porque não trabalho de graça.

Ontem soube pelo noticiário que o próprio Juan Brandoni aportou em Puerto Madryn num veleiro, sem aviso prévio. Desceu barbado e de cabelos longos. Havia completado, segundo ele mesmo relatou aos repórteres patagônicos, uma volta ao mundo que durara dez anos.

A bomba

Quando criança, parecia incompreensível
para mim que gente que havia morrido
estivesse ali, em uma fotografia, sorrindo.

[**ADOLFO BIOY CASARES**, NO PRÓLOGO
DE "HISTÓRIAS FANTÁSTICAS"]

EURECA. Quando Arquimedes de Siracusa descobriu que poderia medir o volume e a densidade de um objeto irregular afundado pelo deslocamento de água, o gênio grego estava em sua banheira, de onde saiu gritando *εὕρηκα*. Quando vislumbrei uma demonstração plausível para a Hipótese de Sárosi, eu, Stephen Oybee, vinte e sete anos de idade, torcedor do Charlton Athletic e matemático, estava comprimido entre bêbados a caminho da Final da Copa da Inglaterra — e nada disse.

O dia: 26 de abril de 1947, sábado, há talvez três, quatro, cinco, seis dias. Saí de Cambridge bem cedo, num ônibus fretado por alguns colegas de faculdade — registrado o inconveniente de serem os passageiros, na maioria, torcedores do Burnley, o adversário da vez. O Charlton buscava apagar a memória do ano anterior, quando havia deixado passar a Copa para o Derby County, na prorrogação. Em 1946, compromissos haviam me agarrado longe de Londres no dia da decisão. Em 1947, larguei o que tinha, e fui para o Estádio de Wembley.

O problema é que para certas atividades algumas pessoas nunca delimitam um fim — e eu sou uma dessas pessoas com uma dessas atividades. Sou pesquisador em Matemática no King's College de Cambridge, com concentração em Matemática Pura e queda pela Teoria dos Números. Deveria, quem sabe, ser mais sistemático. Não sou. Até hoje, as ideias me acossam nos intervalos entre ações tidas como mais importantes. De raro surgem quando estou em aula, ou sentado revisando meus materiais. Como cães manhosos pedindo cafuné, as ideias me acessam ao me avistarem em trânsito, em fluxo. Se levanto para ir ao banheiro, elas chegam. Se pego um trem. Se tomo um café com pressa. Sem etiqueta, as ideias até me lambem, sempre fora de hora. São impertinentes a ponto de me ignorarem quando decido sair de forma consciente para achá-las. Nas vezes em que arrisquei caminhar para ser "criativo", sempre terminei me confirmando como idiota. Vivesse na Grécia antiga, eu seria o mais caótico dos peripatéticos. Minha cabeça vomita, não se disciplina.

Foi assim naquele sábado de primavera, na estrada. Na A10, na altura de Hertford, fui assaltado pela memória visual da função zeta de Sárosi, base da subestimada Hipótese de Sárosi, com que trabalho nos meus estudos sobre os intervalos entre números primos. Enquanto o resto do ônibus se dividia entre dormir e gritar, tomei emprestada sem pedir a caneta pendurada no bolso da frente de um dos bêbados ao meu lado, e saí delineando uma série de premissas nos cantos de página de um jornal que eu levava comigo. Na hora e quarenta de jornada entre Hertford e os arredores do Estádio de Wembley, as premissas viraram equações que se transformaram em funções que se converteram em extrapolações, um promissor ensaio de demonstração escrevinhado entre notícias sobre a agitação na Palestina, o naufrágio de um barco salva-vidas na costa de Gales e a expectativa para a Final da Copa da Inglaterra.

Desci do ônibus com o jornal amarfanhado em um dos bolsos do paletó, com a forte impressão de ter esbarrado em algo grande nas minhas explorações, e acompanhei meu grupo enquanto se dissolvia na massa rumo ao estádio. Do que se seguiu nas próximas duas, três horas, eu me lembro bem:

Wembley cheio. Lenços agitados. Bartram; Croker e Shreeve; Johnson, Phipps e Whittaker; Hurst, Dawson, Robinson, Welsh e Duffy. Na minha conta, seis jogadores da Final anterior, mais Jimmy Seed no comando técnico. O Charlton de camisa branca, detalhes vermelhos; shorts pretos; meias listradas em vermelho e branco. Uma bola furada. Duffy dançando na ponta-esquerda diante de Woodruff — seis, sete, oito, nove fintas para enganar o marcador, até escapar para a linha de fundo e cruzar, sem sucesso. Um chute do Burnley na trave, que jurei ver lá dentro. O Charlton forçando pelas pontas. O Burnley mais defensivo, em busca de espaço e contra-ataque, e nisso achando chances melhores. E, como em 1946, prorrogação. O Burnley sempre perigoso nas jogadas aéreas. Daí, perto do fim, à beira da declaração de um novo jogo, uma bola disputada no alto, dessa vez no nosso ataque: Welsh na briga, a sobra para Duffy, um chute de primeira, cruzado — gol. Pulei, tremi, berrei — fui naquela janela o menino que eu era em 1935, 1936, quando o Charlton subiu duas vezes seguidas e atingiu a Primeira Divisão.

(Abre parêntese: o que foi, foi, mas não posso deixar de especular sobre o que teria sido do Charlton não fosse a Guerra. Na última temporada completa antes do conflito, havíamos terminado na terceira posição da Primeira Divisão, vindos de uma segunda e de uma quarta posição nas duas temporadas anteriores na elite. Tínhamos chegado lá, mas daí veio a Guerra, que arrastou a mim e a todos de minha geração à morte ou a outras vidas. No meu caso, a outra vida veio na forma do meu serviço em Bletchley Park, entre 1942 e 1945, onde atuei sobre o ombro de gigantes — alguns deles antigos professores meus na graduação. Por estar em BP, pegado, não pude, por exemplo, ver o Charlton vencer o Chelsea, na Copa de Guerra, região Sul, em 1944... digamos, a título de exposição, que o meu interesse lateral por números computáveis tenha sido minimamente útil ao esforço de guerra, ajudando a atrapalhar, ainda a título de exposição, a chegada de mais bombardeiros alemães aos nossos céus. Fecha parêntese.)

Mas falava do presente ano de 1947, do gol de Duffy, nosso camisa 11 — que não posso deixar de notar ser um número primo. Extraídos os fatores de minha formação — do local onde nasci e cresci, o Sudeste de Londres — e do quanto a Guerra nos tirou em diferentes sentidos, talvez sobre pouco para explicar o quanto fui impactado por aquele chute forte. Foi, para mim, um acontecimento ao mesmo tempo cósmico e indissociavelmente meu. Tudo o que viveu e morreu ou que se moveu por ação própria ou externa em qualquer momento da existência do universo poderia caber ali, no intervalo entre a rebatida e o pontapé limpo de Duffy: tremendo, aguardando, à espera.

Saí do estádio numa espécie de êxtase seco — que logo se encharcou num pub nos arredores. Parti de trem da estação Wembley rumo a Charlton em estado cantante. Desci na estação da Ponte de Londres, voltei a me refrescar e cheguei, sabe-se lá como, aos arredores do velho Bugle Horn, em Charlton, onde brindei mais. Da noite que já tomava conta só me lembro de enxergar vermelho e branco por onde olhasse. Vermelho e branco até quando me senti cair, escorregar na lama e bater num fundo.

É desse fundo, que imaginei ser parte de um sonho, de onde escrevo. Minha perna direita está quebrada, assim como meu relógio de pulso. Ao alcance do meu braço, jaz na parede do barranco o que parece ser uma bomba não-detonada. Meu lote: definhar enterrado junto a uma bomba improvável, feita para explodir na superfície. Do topo, no alto a quinze, vinte metros, só enxergo a fresta da luz tênue de um dia que não sei precisar qual, por não saber quanto tempo dormi desmaiado. A presença desse explosivo nessa profundidade é mais implausível do que a minha. Gritei por ajuda até perder a voz. Tenho a sede de um morto.

Dada a apreciável chance de eu não ser encontrado vivo a tempo, o leitor destas bordas de jornal deve saber que nelas escreveu um homem com uma caneta emprestada. Contem à minha mãe que deixei cartas atrás da velha cômoda, e a consolem. Levem flores também ao túmulo do meu irmão. Sobre as demonstrações matemáticas contidas nestas bordas, peço a gentileza de as encaminharem aos meus colegas de departamento, para que as desdobrem ou as descartem.

De uma forma ou de outra, eu venci.

NOTA: O manuscrito completo de Oybee, do qual o relato anterior faz parte, foi encontrado no dia 10 de maio de 1947, junto ao corpo do jovem matemático numa área próxima ao Charlton Park. Do fosso de onde foi retirado o corpo de Oybee, especialistas do Corpo de Engenheiros Reais escavaram também uma bomba alemã, não-detonada, de alto poder explosivo, de quase meia tonelada. O tratamento de Oybee à Hipótese de Sárosi foi estudado por dezenas de matemáticos nos anos subsequentes e consolidado em 1956 na chamada Prova de Czibor, da pena do matemático húngaro Z. Czibor.

O agente externo

Vi mais vezes um gato raciocinar do que rir ou chorar. Talvez chore ou ria por dentro, mas por dentro talvez também o caranguejo resolva equações de segundo grau.

[**MIGUEL DE UNAMUNO**, EM "DO SENTIMENTO TRÁGICO DA VIDA"]

É SIMPLES JOGAR FUTEBOL. A bola e as traves, elas mesmas, são dispensáveis, podendo ser substituídas, respectivamente, por algo que role e por algo que demarque. Chuteiras são acréscimos. O chão plano, um adicional. A grama, um luxo. Uniformes? Adornos. O árbitro? Um peixe terrestre. Linhas? Podem ser imaginárias. Ser acionado com pouco ou quase nada: eis o que alimenta e reproduz o futebol.

Mas esse é o óbvio. O que pega é que o diabo dribla nas entrelinhas. Pois regras do futebol, tão simples, possuem desdobramentos complexos. Ignorando-se as lacunas dessas leis, perde-se muitas vezes o enredo. Quem sabia disso acima de todos no Dínamo não era presidente, nem treinador, tampouco jogador: era o roupeiro.

Paulinho da Pedra era polivalente. Lavava e dobrava, costurava e entregava os uniformes, e além de tudo carregava para onde fosse um livro de regras amarfanhado no bolso. Uma vez, revoltado com a marcação de um pênalti, invadiu o campo com o livro aberto nas mãos, apontando para a regra 12, na defesa da tese de que a suposta infração justificava, no máximo, tiro livre indireto — não adiantou: o pênalti seguiu de pé, e Paulinho da Pedra acabou tocado para fora do gramado, com escolta policial. Noutra oportunidade, numa pré-temporada, apontou inconsistências na fala de um instrutor de arbitragem enviado pela federação — pegou mal: teve de deixar a sala, a pedido do presidente, em nome da boa relação com os dirigentes da capital. No cotidiano do clube, apitava os rachões e coletivos nos treinos, com uma autoridade e decisão que surpreendiam cada treinador novo que passava pelo Dínamo.

Paulinho vivia o Dínamo e vivia no Dínamo. Não tinha casa própria. Dormia com meia dúzia de cachorros que tratava como filhos num quarto de serviço sob a única bancada de concreto do estádio de Atalaia Grande. Ninguém sabia direito a idade de Paulinho da Pedra, pois ele não a revelava e, ao mesmo tempo, constituía-se um velho daqueles lustrados — dizem que pelo verniz da cachaça, do que duvido, dado que nunca o vi bebendo: aposto que era curtido e polido à base de sol mesmo.

Sucede que, num início de ano, o Dínamo resolveu não acertar nada. Abriu a segunda divisão com dois jogos em casa — perdeu os dois. Ao fim da sétima rodada, a quatro partidas do fim da primeira fase (duas fora, duas em casa) era lanterna. Caminhava para ser rebaixado para o limbo da terceira divisão, o que não ocorria há dez anos. Foi quando Paulinho pensou num plano. Antes, repassou a regra 3 ("Os jogadores"), parando no trecho que tratava de "pessoas extras no campo de jogo":

> Qualquer pessoa não inscrita na relação da equipe como jogador, substituto ou membro da comissão técnica será considerada um agente externo.

E depois em:

> Se a bola estiver entrando na meta e a interferência não impedir um jogador defensor de tocar na bola, o gol deverá ser validado se a bola entrar, mesmo que tenha havido contato com ela, a não ser que a interferência tenha sido da equipe atacante[1].

Tratou então de achar o "agente externo" dentre os cachorros com que vivia. Descartados os bobos ou maravilhosamente imprestáveis de tão dóceis, ficou com três: Black, Dinda e Caramelo. Black era muito esperto, e não escondia isso. Dinda ganhou o nome que tinha não só por ser mais velha, mas por parecer já ter visto de tudo. Caramelo, dizia Paulinho da Pedra, era "meio cínico".

A ideia, a ser aplicada se necessário nos dois jogos restantes em casa, era:

---

1 "Regras do Jogo 23/24", *The International Football Association Board*, versão em português disponibilizada pela Confederação Brasileira de Futebol, p. 49.

1. lustrar as chuteiras dos dois zagueiros do Dínamo com caldo de carne;
2. deixar um menino a postos perto do buraco da grade, na guarda de um dos cachorros;
3. num lance perigoso, por meio de um sinal, mandar soltar o cachorro;
4. torcer para que o cachorro atrapalhasse um dos zagueiros do próprio Dínamo.

O cachorro: Black, Dinda ou Caramelo. O menino: esse Paulinho da Pedra recrutou dentre a molecada que acompanhava os treinos depois de sair da escola. "Só segura o cachorro. Quando eu te avisar, solta" — em troca, dois ingressos e uma camisa oficial.

Paulinho da Pedra não contou para ninguém além do menino. Se desse errado, teria sido, no máximo, a invasão folclórica de um cachorro — nada estranho no estádio de Atalaia Grande, nem na segunda divisão. Para afinar o esquema, o roupeiro e o menino resolveram treinar por duas tardes com Black, Dinda e Caramelo, num campo de pelada perto do estádio, para não dar pinta. Na primeira tarde, Paulinho da Pedra calçou ele mesmo um par de chuteiras banhadas em caldo de carne. O menino controlou o ir e vir dos cachorros à beira da linha lateral. Na sua vez, Black correu reto rumo aos pés do dono, e lambeu o caldo meio seco sem firula. Dinda trotou, e se sentou diante do alvo. Caramelo disparou como uma flecha, mas não tocou as chuteiras — no lugar disso, girou em torno de Paulinho da Pedra como um redemoinho em festa. Na segunda tarde, quem vestiu as chuteiras foi o menino. Black fez o perdigueiro mais uma vez, direto ao alvo. Dinda se pôs a contemplar novamente, sem petiscar. Caramelo enfim lambeu as chuteiras. Funcionava. Sucesso de 2/3.

Dois dias mais tarde, o Dínamo jogou pela oitava rodada em casa, contra um rival direto na luta para evitar o rebaixamento. O menino ficou perto do buraco da grade. Os dois zagueiros entraram em campo com as chuteiras temperadas com caldo de carne. O estratagema não se fez necessário. O centroavante reserva, um veterano que alternava entre campo e bar, produziu em quinze minutos de presença no gramado uma cabeçada e um chute suficientes para um Dínamo 2x1 Esportivo, de virada. Black, o escalado para aquele dia, latiu, mas persistiu em posição o jogo todo — ainda que a custa de, entupido de pipoca, ter adquirido um piriri.

Na nona e na décima rodadas, ambas fora de Atalaia Grande, o Dínamo conseguiu voltar com um ponto, o que era até bom no contexto. Pela combinação de resultados, o Dínamo precisava de uma vitória em casa na décima primeira e última rodada, contra o Nacional, vice-líder, para permanecer na segunda divisão.

Na véspera, no treino do time à tarde, Paulinho da Pedra chamou o menino no canto — "vamos amanhã com o Caramelo, fica ligado". Para deixar Caramelo mais esperto, pediu ao menino que amarrasse o cachorro perto da entrada do estacionamento, onde havia deixado um pote com menos comida do que de costume. O menino fez como solicitado. Os outros cachorros ficaram trancados no quarto de Paulinho.

Dia seguinte, o Dínamo entrou calmo em campo. Apesar da distância na tabela, igualou na bola com o Nacional. E, num jogo lá-e-cá, abriu o placar aos 15 do segundo tempo, o que salvava o time. Faltando cinco para acabar, o Nacional teve um escanteio. Paulinho da Pedra esperou o batedor tomar posição para cobrar, fez o sinal para o menino. Empurrado, Caramelo passou pela grade. Andando. Nem fez menção de chegar perto das chuteiras temperadas. Gol do Nacional. Deu errado. Confusão, queixa de falta (de tão nervoso, Paulinho da Pedra até esqueceu do livrinho), gol validado. 1x1.

O Dínamo deu a saída. Cinco toques de primeira, gol daquele centroavante reserva do Dínamo, o boêmio, de chapa. Papo de cinema. 2x1. O Dínamo escapava, na hora derradeira.

Mas o juiz queria jogo. O auxiliar assinalou mais sete minutos de bola rolando. Caramelo estava acoitado atrás do banco de reservas do Nacional, fora do alcance tanto do menino, que não mais o via, quanto do roupeiro, de vista nublada pelo transtorno.

O Nacional resolveu jogar tudo, mesmo já classificado para as semifinais. Numa bola retomada, no limite dos acréscimos, o meia mais habilidoso do Nacional avançou sozinho com a bola a partir da linha central, limpou um marcador, tirou outro. No silêncio, só ressoava o toque, um tique, dois tiques. O meia e o goleiro, separados por trinta metros de campo vazio, até um grito. Conforme atestado mais tarde pelo árbitro na súmula da partida, com precisão policial:

> **OCORRÊNCIAS/OBSERVAÇÕES**
>
> Aos 52 minutos do segundo tempo, um agente externo (cão) adentrou o campo de jogo e desferiu uma mordida na perna esquerda do atleta Enzo dos Santos, goleiro da equipe do Dínamo. Em cumprimento ao disposto regra 3, a ação de jogo foi interrompida e retomada com bola ao chão, após a remoção do referido atleta para atendimento médico e a correspondente substituição do supradito por um dos atletas de linha.

Foi Dinda — pelo outro lado do estádio, a partir de outro buraco na grade, até então desconhecido. Nos inesgotáveis *replays* que se seguiram, em telas e programas pelo mundo, Dinda surgia saltando como um lobo na panturrilha do goleiro do Dínamo, num surto de atavismo, ligando passado e presente num jogo de futebol numa tarde em Atalaia Grande. As chuteiras do goleiro do Dínamo nem haviam sido temperadas.

Na bola ao chão, o Nacional logo chutou para o gol — travessão. Então tiro de meta, uma bomba saída da perna direita de um dos zagueiros, improvisado de goleiro, que quase escorregou batendo. Bola voando. Fim do jogo. Dínamo 2x1 Nacional. O Dínamo se salvou. No meio do tumulto, Dinda escapou da mão de um bombeiro e Caramelo lambeu as chuteiras temperadas do zagueiro-goleiro, um dos heróis do dia.

O goleiro mordido, logo costurado e vacinado, passou bem.

(O que se desenrolou depois foi contado apenas ao menino.)

Paulinho da Pedra rezou no gramado e, ajoelhado, levou um banho glacial com o líquido acumulado nos isopores que ele mesmo ajudara antes a preencher com garrafas de água e isotônico. Encharcado, abraçou quem veio pela frente. Acabou arrastado, no bolo, ao vestiário. Até que se desvencilhasse, enfim, para recolher Caramelo e Dinda.

Chegando ao quarto de serviço, um cachorro em cada braço, sob a arquibancada que ainda seguia viva, encontrou a porta roída e emborcada em sua base, com um vão de mal quinze centímetros, o suficiente para Dinda, plausivelmente, ter passado. Foi dormir horas depois, sóbrio — de novo: pelo que sei, não bebia.

Acordou no fim da madrugada, com uma patada no rosto. Era Dinda. "Hoje, eu quero alcatra." Contra toda e qualquer possibilidade, Dinda, a mesma que saltara como um lobo horas antes, falou. Paulinho da Pedra não respondeu, mas atendeu. Pela manhã, pegou Dinda no colo e saiu com ela numa van para o churrasco de comemoração no sítio do presidente do Dínamo. Dinda comeu alcatra: crua e assada, de plena posse e de pleno direito, como deviam fazer há milênios os cães sob as banquetas dos faraós.

Dinda nunca mais falou, nem saltou como um lobo. Persistiu num empedernido cachorrismo mesmo após a morte de Paulinho da Pedra, dois anos depois, de câncer. Da autoria do relato de Paulinho da Pedra, dando conta do pós-jogo, eu posso atestar. Do continuado cachorrismo de Dinda, também. Pois o menino era eu. E fui eu quem levei Dinda para cuidar depois do enterro do nosso amigo comum.

O cativo

ESTE CONTO É DO TEMPO em que as bolas já voavam longe. E, se o relato, é por tédio.

Principiou assim: estava nas infinidades de uma quina de estante numa casa de um cômodo no Punjab, descansando em liberdade, quando tropecei. Caí. Na vertigem de um flutuar sem foco, acabei capturado por uma bomba de ar e injetado para dentro de uma câmara oca que, depois me inteirei, veio a ser revestida de um certo tipo de couro para formar uma bola.

Cabe que eu me apresente. Sou um ser sutil. Vivo nas dobras da matéria. Já me chamaram de *jinn, ifrit* e *sheyd*, gênio, dentre muitos nomes. Não nego nenhum deles, e já acolho de antemão os títulos ainda não-enunciados.

Mais de um sábio afirmou ser imperativa a presença de um selo consagrado para me prenderem a um recipiente. Trata-se de uma lenda.

Disseram também que criaturas como eu atenderiam apenas os seguidores de uma, duas ou três religiões. Nada poderia ser mais contrário à verdade. Atendo quem me enxerga, inclusive aqueles sem religião — ao que agrego: são esses, os que se dizem sem religião, os mais crédulos; as eras se passam, e eu não consigo deduzir o porquê.

Reza o costume que, se uma criatura como eu tiver sido capturada, em algo de errado e profundo devo ter incorrido. Apesar de exibir boa memória e dispor de franqueza para examinar meus atos, não distingui, ao menos desta vez, nada que pudesse ser classificado como condenável para um ser sutil.

Isso pouco importa, entretanto. O fato é que, logo eu, exilado tantas vezes em caixas de 23 chaves, acabei confinado a uma bola, objeto que viajou terras e mares até tocar um destino.

Percebi a imensidão da jornada pelo mover de meu abrigo e pelo som abafado de vozes ao longo do caminho, dado que, em mais de dez mil anos nas contas dos homens, fiz-me poliglota pelo uso. (Depois de muitas épocas, ainda lembro da frase etrusca que deixei de dizer a uma taberneira.) Ouvi punjabi e urdu enquanto estava mais perto do ponto de partida, *tagalog* e inglês enquanto deduzia flutuar e, enfim, de novo em terra, espanhol — pelo sotaque, adivinhei Buenos Aires.

Recordei logo da minha última estada numa Buenos Aires, em dias de peste, quando fui acordado às margens do Prata por um príncipe banto, então cativo. Travamos conversa por dias; eu, oculto em seu alforje. Ouvi as dores daquele nobre aprisionado que me falou da vida, e, como faria com um irmão, ajudei-o. Não sei se conseguiu resgatar todos os seus filhos.

Daí silêncio. A bola, meu pouso, estancou. Não sei por quanto tempo, dado que são outras as junções dos meus dias. Só percebi que demorou, ou pareceu demorar.

* * *

Ajo dentro dos meus muitos limites, quando quero. Cubro as distâncias que posso atingir. Mudo de forma como quem muda severamente de ânimo — isto é, sem anúncio. Não sou em nada diferente do verdureiro que abre sua banca numa manhã fria, afora o fato de não tratar por dinheiro e de estar aqui como quem veraneia além do necessário. Possuo, por trás das quinas deste mundo, família e afazeres de uma só feita impreterivelmente urgentes e indefinidamente adiáveis, mas, por um desvio de afeto, perco-me por demais entre os homens.

* * *

E de novo entre os homens me achei quando a câmara que me continha estourou. Bastaram alguns quiques, muitas sacudidas e inúmeras estocadas. Quando ouvi o estouro, já estava fora daquele que, do alto de minha experiência, elejo hoje como o segundo pior dos abrigos; abaixo, na escala, somente da sela de um huno. Saí da bola empurrado por ar, e me achei num estádio em pleno jogo de futebol — no que se abriu para mim a galeria dos viventes.

En el barrio de Boedo hay carnaval
Yo te sigo a donde vayas a jugar...

Em ambientes menores, ocorre de apenas um ou mesmo de ninguém me enxergar. Ali, naquele campo, foram cinco a me notar — o que não é trivial. Foram eles: um jogador de cada equipe, o árbitro, um vendedor e um torcedor. Como quem me enxerga bota um pé fora do tempo dos homens, o que se passou a seguir transcorreu no intervalo de um suspiro.

Como me eduquei a agir em conjunturas assim, abordei os pasmados um a um, sem esperar que se desassombrassem. De cada, requisitei companhia em minha estada entre os homens. Do jogador do time da casa (notei pela coincidência na cor das faixas na arquibancada e da camisa, azul e grená), escutei em troca um pedido de riquezas — não sou banco. Do adversário (camisa branca com detalhes em vermelho), ouvi um apelo para que o fizesse voltar dez anos atrás — antes fosse correr dez anos para frente, com hospedagem intermediária noutro mundo, no que talvez eu pudesse ajudar. Do árbitro, uma prece pela serenidade da mãe — não altero estados de consciência. Do vendedor, um pedido pela segurança da família, que morava noutro país — com ele, simpatizei. Do torcedor, que batia qual um entorpecido num bumbo, não recebi nenhuma solicitação além de um gesto para que me juntasse a ele. Preteri o vendedor com alguma culpa — fui com o torcedor, pelo singelo feito de não ter falado nada.

O tempo de um suspiro se completou, achei abrigo dentro do bumbo, o jogo seguiu. Os jogadores, que antes disputavam a bola (agora furada), caíram; o árbitro olhou para cima; o torcedor seguiu batendo o bumbo e berrando, só parando ao fim da partida, quando eu lá dentro já me encontrava inteirado dos lados envolvidos e do desfecho:

San Lorenzo 2
Huracán 0

* * *

Não sou o tipo de gênio que abre brechas e frestas em paredes e pedaços do chão. Minha mais notável capacidade é, decerto, esta: efetivar o transporte de um fluir, humano, para outro, meu e de meus pares. Minha hora preferida entre os homens é quando o sol da tarde invade os cantos de uma casa ou de uma rua, e os espaços entre as coisas se expandem, como vias recém-alargadas. Venho para ficar, e sair.

* * *

Lá se vão quatro meses de calendário humano. Apoio meu amigo na hora necessária. Quando o alarme não basta, desperto-o. Quando sua mente se turva, guio-lhe no caminho de casa. Quando ele faz os seus bicos, conto histórias para passar o tempo.

O torcedor em si nunca me pediu nada, mal sei se me enxerga fora do estádio. Talvez por jurar-me ou jurar-se a si mesmo implausível, nunca me interpela para algo além do compartilhamento de delírios agendados entre ele, eu e outros milhares.

Sim, já presenciei procissões, peregrinações de povos inteiros, clamores ferais em praças dessangradas pelo desespero, todos comoventes — por ora, o que vem me aterrissando aqui neste plano são as seguintes formas de transe, uma vez por semana:

Siempre te voy a seguir
Donde vayas a jugar
Dejando mi corazón
Hasta el final.
Y si tengo que morir
Sólo te pido un favor
Yo quiero que sea así
Con la banda del Ciclón.
Oooh oooh oooh oooh oooh
Cuervo te queremos ver campeón
Oooh oooh oooh oooh oooh
Cuervo te queremos ver campeón.

***

Vou e volto, perco quase nada do meu reino. Entre os meus, os referenciais deste mundo não se aplicam — lá, no lugar do transcorrer de horas e dias, impera o contínuo. Para quem contempla e tenta entender daqui, deste plano onde me resguardo num bumbo, seria como se vendavais se convertessem em um só sopro, sem início nem fim. Talvez uma dica esteja na onda invisível, mas percebida, que se espraia entre os seres e os objetos quando uma torcida canta junto e tudo o que se move (os cílios, a boca, as pernas, os braços, os sapatos, as costuras das roupas, as bandeiras, as faixas, a fumaça, os sons, até o cachorro que espreita as sobras) abre espaço para a maré — torrente que bate e toma: ela sussurra permanência.

A temporada acabou ontem. Nós jogaremos de novo só dentro de cinquenta e oito dias. Já me percebo torcedor também.

Conto esta história, repito, por tédio. Transmito-a por meio de outro *jinn, ifrit, sheyd*, gênio, dentre muitos nomes, enfim, por intercessão de um igual, um par, uma criatura sutil que assiste a um redator falido numa esquina entre Avenida La Plata e Las Casas.

Mundo Novo

A culpa, caro Brutus, não está em nossas estrelas,
mas em nós mesmos.

[**WILLIAM SHAKESPEARE**, EM "JÚLIO CÉSAR"]

NO DIA 29 DE MAIO DE 1919, mais de dois por cento da população da capital dos Estados Unidos do Brasil se aglomerou no Estádio das Laranjeiras para ver a seleção brasileira se sagrar campeã sul-americana pela primeira vez. Vinte sete mil e quinhentas almas, descontadas aqueles que, como eu, testemunhavam o jogo dos barrancos do Morro do Mundo Novo. Mesmo a mais de cem metros do gramado, eu e centenas de outros juramos enxergar de cima Neco enfileirar a defesa uruguaia na segunda prorrogação, achar um cruzamento para a cabeçada de Heitor, e Saporiti defender espalmando — para quê? Para Friedenreich voleiar um Brasil 1x0 Uruguai, placar final. Vi confete e serpentina voarem das tribunas para o campo. Acompanhei com os olhos enquanto a multidão erguia Friedenreich. Desci do barranco, alcancei o tropel só no Largo do Machado. Se alguma cidade vibrou tanto quanto o Rio de Janeiro no percurso inteiro até a Praça Mauá, eu desconheço. E isso atesto, pois estive naquele dia várias vezes — como estou agora.

Bem, não estou lá inteiro. Meu corpo circula de olhos fechados no presente, na madrugada de 2 de setembro de 1924. Sou o quarto homem numa lancha à gasolina que acaba de bater pela terceira vez num paredão de pedra. A bordo da Cambaxirra, na altura da Gruta da Imprensa, vamos eu, meu chefe Darino, meu irmão da estiva Manoelzinho e um mecânico. Meu braço esquerdo está quebrado; minhas pernas, laceradas. Por experiência, suspeito: vamos morrer.

Digo isso porque quase morri uma vez. Era fevereiro de 1915. Estava no botequim de Darino, na Rua da Saúde, quando cinquenta homens baixaram com pistolas, revólveres e facas, atrás de quem se irmanava com meu chefe. Minha sorte foi tombar para trás do balcão depois de um tiro. Desmaiado da queda, acordei ao fim do que parecia um instante, acompanhando do chão os passos de gente indo embora, disparos ao longe. Ainda deitado, tateei meu corpo atrás de marcas de bala; apalpei apenas um rasgão no paletó na altura do ombro direito, cruzando o forro, vestígio de uma bala que passara vizinha. Eu me assegurei vivo, mas isso me surpreendeu menos do que achar à distância de um palmo, junto à base do balcão, uma pedra polida de uma escuridão plena. Levei-a como relíquia. E pensar que eu estava lá para redigir uma ata.

Do tiroteio em diante, tudo o que vivi nos últimos nove anos eu pude revisitar, como faço agora com a Final do Sul-Americano de 1919, quando o Brasil venceu. É mais que memória. É estar ali de novo, ainda que não inteiro, e sim como plateia diante da minha própria vida, pensando e pesando, vendo e revendo, ouvindo e reouvindo e, sobretudo, redescobrindo o que passei, passando de novo. Sem ter corpo nesse transporte, eu me resigno a ser um mero sopro dentro da minha própria cabeça, pois aquela cabeça, a passada, já decidiu uma vez agir de um determinado modo, de forma implacável, e nada consigo revogar num passado que se desdobra de novo e de novo nas malhas do tempo. Em nada mexo, pois não alcanço disparar sequer um comando. Quando, a exemplo de agora, volto ao já vivido uma vez, no barranco do Mundo Novo, ajo como se sentasse no fundo de uma sala para ver um filme que passa nas minhas retinas, tendo orquestra nos sons do mundo. No início, isso ocorria de maneira aleatória, num súbito sonhar acordado. Depois, com o tempo, passei a controlar esses reviveres, da mesma forma que alguém pisca antes de mergulhar.

Num dos retornos ao tiroteio no bar do Darino, por exemplo, notei que um dos atiradores usava sapatos iguais aos meus. Numa tarde reencontrada de outubro de 1918, perto da Estação de Todos os Santos, percebi que o homem que passava pela calçada era Lima Barreto. No Carnaval de 1920, sob a chuva de luz dos holofotes trazidos do porto, atinei que a encarregada de representar Aída na ópera ambulante do nosso rancho, o Recreio das Flores, chorou ao entrar na Avenida Rio Branco. Olhares antes despercebidos; o canto do sorriso na cara de levada da minha filha; uma pinta incógnita na barriga da minha esposa; um morcego planando sobre minha cama; a aliança de três voltas no dedo de Darino brilhando enquanto exibia uma taça conquistada pelo Pereira Passos Futebol Clube; o zunido de uma bala, possivelmente a que dizimou meu paletó — encontro pérolas que antes ignorava. Permito-me, ainda, arranhar um pouco mais a natureza desses reviveres: voltando à tarde em que perdi horas consertando um relógio, pude calcular que minhas estadas nos passados que se repetem não duram mais de três minutos nos ponteiros desses mesmos passados, enquanto aqui, no mundo onde meu corpo habita, não corre o suficiente nem para uma pestanejada.

Abro rápido os olhos. Antes de mais uma onda abater a lancha, cerro as pálpebras com propósito. Estou no barranco do Mundo Novo, mais uma vez. A Final está no intervalo, oxo; folheio o "Jornal do Commercio" — hábito dos meus tempos de despachante no porto. Leio um artigo sobre o eclipse solar que era esperado — e já ocorrera — na manhã daquele 29 de maio de 1919. "Sobre o eclipse que se vai observar hoje escreveram os astrônomos ingleses, Dr. A. C. D. Crommelin e o Sr. C. Davidson, membros do Observatório de Greenwich, na Inglaterra, que se acham atualmente em Sobral, para assistir ao eclipse total, o seguinte artigo". A onda bate. Salto na leitura. "Agora os nossos matemáticos concluíram de seus estudos teóricos que um raio de luz carregando energia, provavelmente está sujeito à gravidade, justamente como uma bala no ar. Dentro da nossa esfera de observação só há um corpo celeste com bastante poder de atração para isso, isto é, para revelar a obediência a que podem ser reduzidos os raios de luz: é o Sol". Despenco do que sobrou da lancha. "Espera-se ser possível fotografar treze estrelas na região que as chapas fotográficas podem cobrir, a qual atinge cerca de um grau ao redor do sol. Essas estrelas já foram observadas e fotografadas, conhecendo-se assim exato e precisamente as suas posições". A pedra preta segue em meu bolso. "Aqueles algarismos baseiam-se na suposição de serem os raios de luz curvados pelo sol, como seria o caminho de uma bala no ar, se ela passasse próximo dele com a velocidade da luz (300 mil quilômetros num segundo). Todavia é possível que a diferença real seja duas vezes tão grande como aquela". Sem força, afundo. "A teoria do universo proposta pelo Sr. Einstein envolve essa dupla diferença como consequência". Eu me afogo de olhos fechados. "Não é possível dar-lhe pleno desenvolvimento neste artigo; bastará estabelecer que, além das três conhecidas dimensões do espaço, a saber, comprimento, largura e altura, ela apresenta o tempo como quarta dimensão". A pedra me escapa.

A cabine

O INGRESSO PARA A SEMIFINAL da Copa do Mundo veio para Janaína num sorteio, o primeiro que venceu na vida.

Nunca ter faturado sequer uma cartela de bingo nem chegava, entretanto, a representar a característica mais distinta de Janaína, que era o desgosto por encontros não-marcados.

Antes de tudo, Janaína se prevenia. Nas folgas, evitava os locais mais frequentados pelos conhecidos do trabalho. Nos dias comuns, dava um jeito de não andar pelas ruas onde moravam parentes (a mãe, de quem ela não fugiria, morava fora de Belo Horizonte). Para qualquer compromisso, buscava horários mais vazios onde fosse, do mercado à academia. Sempre usava fone de ouvido e evitava fazer-se ouvida em trânsito.

Quando não tinha jeito, e um conhecido surgia de repente como um fato vital no horizonte, Janaína acionava um protocolo desdobrado em diferentes etapas:

- não olhava para os olhos do conhecido, em hipótese alguma;
- se houvesse um obstáculo grande o suficiente interposto entre ela e o conhecido, posicionava-se atrás desse obstáculo;
- na ausência de uma barreira de porte relevante, invertia, se possível, o sentido (parar de costas não funciona, pois chama atenção);
- na impossibilidade de inverter o sentido, forçava o passo atrás do ajuntamento mais próximo (de três pessoas para cima);
- na falta de uma aglomeração, realizava um movimento lateral;
- sem largura para um movimento de 90 graus, investia na mais arriscada das alternativas: pisar firme e reto rumo ao conhecido, olhando firme para um ponto fantasma ligeiramente removido das fuças do dito cujo (ao contrário do senso comum, olhar para longe demais de uma face familiar não só atrai a vista do outro como sinaliza um esforço consciente de não o ver — o que não é desejável);
- quaisquer das etapas acima poderia, ou até deveria, ser preterida na hipótese da descoberta de uma solução imediata de remoção e extração, na forma de portas em geral, elevadores, escadas rolantes ou fixas, saídas de emergência, banheiros, cabines, provadores, bases de mesas, passarelas, passagens subterrâneas, trampolins, porões, fossos, sótãos, lojas, consultórios, escritórios, repartições, salas de espera, depósitos, vagões de trem e metrô, táxis, mototáxis e ônibus.

Janaína não era propriamente tímida, nem tampouco rejeitava o imprevisto em si. Não objetava, por exemplo, contra a manifestação de cães inesperados. Só tinha aversão ao fortuito em matéria humana. E essa circunstância fazia com que seu cotidiano fosse atravessado por épicos de ocultamento. Uma vez, ao chegar ao apartamento que dividia com colegas da faculdade de Engenharia Elétrica em BH, Janaína deu meia-volta ao topar com uma festa-surpresa — só cuidou de reaparecer três dias depois, sendo que a festa era para ela. Noutra oportunidade, numa praia de Marataízes, arvorou-se o recorde mineiro de apneia oceânica, só para não topar boiando com um professor de Geografia dos tempos de escola. Num jantar a trabalho em Goiânia, fingiu buscar um talher no chão para evitar o cruzar de olhos com um ex-namorado que entrara no salão — ficou abaixada por dez minutos, a ponto de observar como se fosse uma entomóloga os insetos em fluxo no ecossistema do chão frio.

Quando atravessou os corredores já agitados do Mineirão em direção ao banheiro durante a semifinal da Copa do Mundo de 2014, Janaína já não tinha muito a perder, ao contrário do Brasil — há pouco, Schürrle marcara Alemanha 7x0. Ela ainda planejava voltar e testemunhar o desfecho daquele transe em forma de jogo, mas adiou o plano dentro da cabine do banheiro, ao escutar as vozes de duas conhecidas, ambas insuportáveis. Aguardou numa tocaia reversa (não queria, de jeito nenhum, topar com nenhuma delas). Só foi encostar na tranca depois da saída das duas, quando o silêncio já parecia sustentado. Enquanto empurrava a porta lentamente, sucedeu de a luz piscar e cair, o que não a impediu de seguir com a ação no escuro. De pé, já fora da cabine, ligou a lanterna do celular (fora de rede) e tomou o caminho de volta ao seu lugar. Não havia ninguém no corredor, tampouco nos bares, assim como nas arquibancadas. O Mineirão dormia.

As escadas, os acessos, a esplanada: Janaína só foi encontrar uma alma viva depois de vinte e cinco minutos, no portão, na forma de um vigia de rosto encoberto por uma insólita máscara cirúrgica. Pela reação do funcionário, Janaína entendeu que a presença de qualquer ser humano ali, àquela altura, não era esperada.

Janaína se explicou. Contou que, apesar de nunca ter se passado nada parecido com ela, talvez tenha perdido a hora ou mesmo desmaiado na cabine do banheiro, já perto do fim do jogo... "Que jogo?", perguntou o vigia. "Brasil x Alemanha", respondeu. O susto pôde ser lido no desarmar dos olhos do vigia, que tomou Janaína, criatura saída da madrugada com uma camisa azul do Brasil, na melhor das hipóteses como louca e na pior, como assombração.

Conversaram; o vigia repassou o *status* do presente: não estavam em 2014, mas em 2020; o Brasil x Alemanha acabara 1x7; a Alemanha havia vencido a Copa em cima da Argentina no Maracanã; em 2020, no "hoje", o futebol estava parado por conta de uma doença, "uma pandemia que pegou todo mundo" — por isso que ele estava de máscara, inclusive. Para reforçar o que contava, o vigia mostrou notícias no seu celular — Janaína se impressionou com o nome do presidente da República que constava em uma manchete, mas, de concreto, perguntou como andava o Cruzeiro. "Na segunda divisão", sorriu o funcionário. Foi demais para Janaína, que daí em diante só pensou em voltar para casa. Por simpatia à presumida viva, respeito à possível morta ou puro desleixo, o funcionário não só deixou Janaína sair, como ofereceu uma máscara e ajudou a pedir um táxi, que ela pagou com dinheiro.

Chegou ao prédio em que morava por um labirinto de ruas vazias e lojas fechadas, uma BH de filme-catástrofe onde os personagens, por enquanto, eram só ela, o vigia, o taxista e a legião de entregadores que enxergou pelo caminho. Viu a luz da portaria acesa, reconheceu o vulto mascarado, apertou o botão azul do painel, "sou eu, Seu Alberto". "Dona Janaína?! A senhora tá aqui?" — Sr. Alberto era o segundo assombrado.

Nos dias que se seguiram, Janaína espantou ainda mais gente com o evento de estar viva. A maioria foi abismada por via remota, como pediam as circunstâncias pandêmicas, em ligações e videoconferências. Alguns poucos, apavorou presencialmente, como a mãe, com quem foi morar.

Pôde ver seu agora velho cachorro uivar de felicidade. Deu incontáveis provas de vida. Explicou o que nem ela sabia explicar ao trabalho, ao banco, à previdência, à polícia, à imprensa e aos médicos. Apareceu em uma reportagem televisiva em rede nacional, com direito a câmera de segurança: ela de celular aceso na mão, andando pelas passagens de um Mineirão vazio, a encarnação de um Brasil passado.

Passou a ser conhecida como "a sumida do Mineirão", virou piada em shows de *stand-up*, um epitáfio reputacional. Notou com o tempo que amigos e até parentes passaram a evitá-la. Intuía neles a desconfiança de um ato funesto — que ela definitivamente não havia praticado — misturada à repulsa de transitar no mesmo plano de um cadáver insepulto.

Um dia, depois de receber a primeira dose de uma vacina, avistou de lá para o início da fila uma velha amiga de infância. Percebeu que ela a havia reconhecido. Enquanto caminhava, notou também que a amiga havia virado as costas, abandonado a espera pelo imunizante e ido embora.

O ateu

ENQUANTO MUITOS DESISTIRAM, eu perseverei. Vi e vivi de perto os últimos trinta anos do Dínamo, o meu clube. Fui — e sigo — torcedor. Virei conselheiro e cheguei até vice-presidente (de Esportes Aquáticos; só sabendo de bola, e sem saber nadar). Torci por esquadrões e catados, times profissionais e semiamadores, atletas exemplares e boêmios sem tostão. Por alguns anos, sem futebol pela falta de inscrição na Federação, torci até pelo muro do clube, para que seguisse de pé.

Talvez nenhuma história tenha sido tão extravagante nessas três décadas em que respirei a desgraça de ser um apaixonado por um clube mais modesto do interior quanto a do Professor Alberto. O Professor Alberto era um professor de Ensino Médio. Dava aula de Ciências e de Matemática na escola municipal de Atalaia Grande. Era querido pelos alunos, respeitado pelos pais. A filha única morava a cem quilômetros daqui, em Quatro Lagoas, com a mãe, ex-mulher do professor. Fazia-se impossível deixar de notar que o Professor Alberto andava sempre com pressa, como se vivesse num atraso constante, e que ele próprio, por incrível que pareça, nunca se atrasava. Era um homem de muitas ideias, decerto, mas, na cidade, era conhecido por uma só — e essa ideia concernia, pela negação, a Deus: o Professor Alberto era ateu, e não escondia isso.

Dirigia uma comunidade de ateus na internet. Numa reportagem da TV, apareceu certa vez representando os ateus de Atalaia Grande, com crédito e tudo: "Alberto Carrache / professor e ateu". Noutra oportunidade, num encontro interreligioso na escola municipal, fez questão de vestir uma camisa de descrente, comparecer e fazer perguntas. De tão incréu, o Professor Alberto atendia quando o chamavam de "Ateu". "Lá vem o Ateu!", dizia o dono do bar da praça.

Naquela cidade com igrejas em cada rua, de procissões em datas santas que poucos recordavam noutros cantos, de cultos feéricos em que uma vara de demônios vinha duelar em templos de cinco metros de largura, o Professor Alberto se embandeirava ateu, e era sob essa flâmula que integrava o folclore municipal. A cidade tinha seus cornos, seus bêbados, seus crentes, seus beatos, seus devassos, seus loucos, seus enrustidos, seus santos, seus hipócritas, seus pobres, seus enjeitados, seus ricos de província, seus motoqueiros, seus patriotas, seus baladeiros, seus exilados da capital — e tinha o Professor Alberto, que era o ateu, talvez não o único, mas o único de que se tomava nota como personagem. O Professor Alberto também torcia pelo Dínamo. Nunca faltava aos jogos importantes.

Ocorre que, num certo ano, ainda na segunda divisão, o Dínamo desandou a vencer. E, por uma dessas correlações a quais os homens atribuem causalidade, a ascensão coincidiu com a participação de um pastor da cidade nas preleções. Antes dos jogos, o Dr. Cleide, que não era de fato doutor, mas sim se chamava Cleide e era pastor, pregava sobre o poder redentor do esforço, do sacrifício e da perseverança, com especial atenção para os Salmos e para o Livro de Jó. Com Dr. Cleide na assistência espiritual, o Dínamo subiu para a primeira divisão, para se bater contra os ditos "grandes", quase todos da capital.

O problema foi que, pouco depois da virada do ano, o Dr. Cleide morreu uma morte das mais prosaicas, uma tragédia de difícil enquadramento teológico. Quando o Dr. Cleide saía do dentista, caiu-lhe por cima uma vaca. Culpa dos freios de um caminhão com carga viva, que vinha desgovernado desde a rodovia, o tipo de coisa que acontece. A vaca sobreviveu; Dr. Cleide morreu na hora. Na cena do acidente, a Bíblia do Dr. Cleide jazia significativamente aberta — no índice. O Dínamo estrearia quinze dias depois na primeira divisão, após um sumiço de uma década e meia.

Para o presidente do Dínamo, a solução era óbvia: manter a preleção espiritual, agora com a sucessora de Dr. Cleide, pastora e viúva do homem bom. Dra. Guiomar falou na estreia do Dínamo, em casa — derrota de 2x4. Dra. Guiomar ainda prelecionou no segundo jogo, agora fora — derrota por 3x0. O presidente, prático como os melhores supersticiosos, mudou de rumo, esqueceu o luto pelo Dr. Cleide e chamou o padre da cidade — 0x1 na terceira rodada, de novo em casa. Para a quarta rodada, tentou sem sucesso o pai-de-santo mais conhecido de Atalaia Grande (a quem o clube, por circunstância, devia uma indenização de cem salários mínimos, na condição de ex-funcionário). O único judeu conhecido de Atalaia Grande declinou (o jogo era sábado).

O único muçulmano estava viajando. Buscou a dona de uma loja de artesanato no Centro da cidade, que entendia de cristais (ela não se metia em futebol). Agendou, quase sem alternativa, um *coach* semiespiritual de Quatro Lagoas [Realização = Ambição (Esforço + Foco + Fé)], a mesma cidade onde o Dínamo jogaria a partida; apesar de cobrar adiantado pela *pocket lecture*, o *coach* deu *no-show*.

No desespero, vinte minutos antes da entrada do time, o presidente correu o gramado em direção ao setor visitante do estádio de Quatro Lagoas, e me avistou perto do alambrado — eis meu papel na trama. "Tem alguém aí que você conhece pra fazer a preleção?". Nem pensei. Apontei para o Professor Alberto, que, afinal, era um grande humanista, e estava ali para ver o jogo ao lado da filha. "Vem dar uma aula rápida pra nós, Professor". (O presidente não aceitava "não".) Com ajuda da polícia, o Professor Alberto passou pelo portão e acompanhou o presidente até o vestiário.

O Professor Alberto, tal como me narraram, falou por três minutos. Não puxou oração alguma. Tirou da cabeça um discurso sobre o compromisso de cada um ali fazer a sua própria história e, de depois do jogo, contar essa mesma história no espelho, tendo como audiência os "eus" do passado e do futuro. Não foi — nem de longe — a aula mais inspirada do Professor Alberto, mas deu para o gasto. A medida veio no choro do capitão do time, um volante bem religioso, que, na deixa do professor, berrou um "bora" embargado e entoou um pai-nosso, seguido por todos — menos pelo Professor Alberto, que fechou os olhos. O Dínamo venceu por 3x1, o primeiro triunfo naquela primeira divisão.

Para o jogo seguinte, em Atalaia Grande, o Professor Alberto chegou de carona no carro do presidente. Topou de cara no estacionamento com o ponta-esquerda do Dínamo, cria de Atalaia mesmo, que logo o saudou: "Pra cima deles, Ateu". O professor riu. Naquele dia, contra um grande da capital, um empate já sairia de lucro. Só que o Dínamo acabou vencendo, pela segunda ou terceira vez na história contra o tal bicho-papão, num 1x0 entocado. Antes do duelo — sem entrar no mérito do efeito real ou imaginado da retórica do Ateu —, o professor havia discorrido sobre a liberdade, sobre como cada um reunido ali no ferver de um vestiário sem ventilação tinha em seus pés, peito e cabeça a força para criar um mundo para si e para os seus.

As preleções do Professor Alberto se tornaram parte da rotina do Dínamo, clube que em casa simplesmente esqueceu de perder. No seu percurso retórico, o professor solidificou apenas uma regra: a de não tentar converter nem desconverter ninguém — ainda que o goleiro reserva e o roupeiro tenham, a partir da sétima rodada, passado a pedir dicas regulares de leitura. Até a rodada final da primeira fase, puxado por empates fora e mais vitórias no Estádio Municipal, o Dínamo motivado pelo Ateu só havia sofrido mais uma derrota, para um clube de empresários, bem longe de Atalaia Grande.

No último jogo da primeira fase, contra mais um grande da capital, o Dínamo precisava de um empate fora para se classificar às semifinais, o que pareceria impossível no início do campeonato. O Professor Alberto fez a viagem uniformizado no ônibus da delegação do Dínamo, desceu com os jogadores na porta do hotel; preferiu, entretanto, seguir de táxi para a casa de um amigo dos tempos de faculdade, o que acabou representando um problema no dia seguinte. Pois, pela primeira vez na história registrada daquela mui nobre e quase sempre leal metrópole, a descoberta do que se acreditava ser um leão forçou o fechamento de uma vizinhança inteira, bem nos arredores da rua em que o professor estava hospedado. Conforme noticiado com alarme pela imprensa local, dois praticantes de crossfit haviam topado junto a um matagal com o que parecia uma fera solta, de porte e ferocidade leoninas. Na correria, o máximo que os dois conseguiram fotografar foram as costas de um vulto bege, entrevisto na folhagem.

Quando soube da interdição da vizinhança, a menos de duas horas do início do jogo, o Professor Alberto ligou de imediato para o presidente do Dínamo. "Manda o endereço por mensagem. Vou mandar te buscar" — respondeu o cartola, e assim foi. Em quarenta minutos, o Ateu estava embarcado num carro oficial do governo do estado, com passe livre, rumo à partida.

O Professor Alberto desceu atrasado e esbaforido no estacionamento do estádio. Molhado por uma chuva que mal notara, tomou o caminho do vestiário; chegou com o time aprontado. Começou falando, logo berrou, para competir com o que havia se tornado uma tempestade a encharcar a capital:

> Gente, eu vim aqui hoje porque eu acredito em vocês. Vocês devem estar notando que está caindo o mundo lá fora. E isso nem é o mais incrível. Deixei pra trás uma rua em que um leão tá à solta, um leão, gente. Outro cara aqui, no meu lugar, lembraria do profeta Daniel, de como os leões fecharam as bocas por ação de um anjo, mas vocês sabem que eu não sou disso. Até pelo seguinte: quando eu penso em leão, eu penso em leão de boca aberta, um leão com raiva do dentista, um leão forte — tipo esse aí que vocês vão encontrar quando saírem do vestiário. Tem um leão na rua? Vai ter pelo menos mais um aí em cima.

> Mas, de verdade: eu me pergunto o que um leão de boca aberta falaria pra cada um de nós. Ah, vocês vão dizer: 'O Ateu tá maluco'. Sempre fui, tô tranquilo, mas pergunto de novo: o que o danado de um leão de boca aberta diria? Um doido bem mais inteligente do que eu disse que, se um leão falasse, a gente não entenderia. Tava certo. E isso porque o mundo do leão é o mundo do leão, o leão pensa como leão e o leão que fala fala como leão.
>
> Daí que eu digo: hoje à noite vocês vão entender tudo que o leão vai dizer. O leão da cidade vai entrar de boca aberta, com sorriso branco de artista, vai xingar a mãe de vocês, e vocês vão perceber tudo. Porque, se tem leão lá, tem leão aqui também.

Só acredito porque eu, como tantos outros, vimos o vídeo depois nas redes sociais do clube — bem no fim da frase, veio um pisco de raio, uma queda de luz, um ribombo de trovão, um grito de zagueiro ("Ê, Glória!") e, antes da entrada do gerador para reestabelecer a energia, o Ateu berrou:

> Tem um leão do mato solto na rua! Tem um leão do mato solto na rua!

Pegou.

Depois da criteriosa inspeção das poças pelo árbitro e de um mutirão de funcionários equipados com rodos, o jogo começou. Os donos da casa saíram logo na frente, persistindo em vantagem até o penúltimo instante, quando o Dínamo empatou num gol brigado dentro do lamaçal da grande área, daqueles em que a bola se faz de rebelde e só se rende depois de muita resistência e desaforo. Os jogadores do orgulho de Atalaia Grande festejaram imitando leões.

Bem, como se soube na manhã seguinte, o tal leão perdido na cidade nem leão era. Era um javali — ou tecnicamente: um javaporco, um híbrido de javali com porco, um portento suíno todo sujo de lama, de dois metros de comprimento. E daí? A partir daquele dia, o mascote do Dínamo passou a ser, por aclamação, um leão do mato — antes, era uma espiga de milho chateada com a vida, o que nunca bem animou ninguém.

Tampouco importa que o Dínamo tenha sido depois eliminado nas semifinais, na sequência de mais dois empates contra o mesmo time da capital, o da "noite do leão", que tinha melhor campanha. Por chegar tão longe, o feito do Dínamo acabou marcado de qualquer jeito.

Ainda que, antes do fim da temporada, o presidente tenha sido obrigado a se afastar do clube, pela infelicidade de ter sido preso numa operação da Polícia Federal — quem nunca montou um cassino clandestino para receber 350 amigos?

Ainda que o Ateu tenha se mudado para outro estado no ano seguinte — concurso público, seu nome é destino.

Ainda que o Dínamo tenha se reestruturado sob um novo comando, mais empresarial e, nisso, menos encantado — ao que profetizo, na condição de ex-vice-presidente de Esportes Aquáticos: se não hoje, outro leão ainda nos redimirá.

ASTRO
A CULPA
É SUA

Astro

ASTRO SONHAVA UM PESADELO RECORRENTE. Estava no estádio, seu time perdia de forma vexaminosa e, ao levantar a cabeça, lia no telão: "Astro, a culpa é sua". Percebia-se responsável, com o peso do mundo sobre sua cabeça. Acordava jurando-se o mais infame dos homens.

Talvez por isso fosse a jogos como se preenchesse um relatório. O futebol, para ele, era matéria de conformidade: se as condições se apresentassem na proporção e na ordem certas, o resultado vinha. Se não viesse, era por erro de proporção e/ou de ordem.

Você já deve ter montado a imagem mental de um homem chamado Astro. E pouco importa se eu disser que ele não era nem novo nem velho, nem gordo nem magro, nem pobre nem rico — mesmo assim você enxergará em Astro um zé planilha, de cara enterrada numa tela atrás de continuidades e quebras em posse ou passe, em gols feitos ou esperados, em perfis de elenco ou históricos em competições. Nada poderia estar mais distante da realidade.

A bem da verdade, Astro repudiava o retalhamento numérico de partidas, que via e vivia na forma de experiências totais, monólitos sem lascas, coloridos apenas por luzes externas, ora em matiz de tristeza, ora em matiz de felicidade. A conformidade que Astro buscava estava em si mesmo, ou melhor, no seu estar-diante-do-jogo.

Astro não queria saber de nada mais do que seu próprio papel no teatro cósmico, a peça de um único ato que era um jogo do seu time. Para toda partida, cultivava uma lista de passos a tomar: Durante a semana, lembrou de apostar na loteria os números das camisas de seus ídolos históricos? No dia do duelo propriamente dito, que roupa vestiu antes de sair? Que tênis calçou? Qual era a cor das suas meias? Beijou a bandeira que mantinha guardada numa gaveta de chaves, cadeados e chaveiros? Colocou no bolso o ingresso já apagado do dia em que seu time foi campeão brasileiro? Antes de atravessar a porta, fez carinho no cachorro — sua única companhia em casa? Embarcou no terceiro vagão do trem? Parou no botequim de sempre? Bebeu um gole, um único gole, de refrigerante quente? A duas quadras do destino, xingou a janela sempre vazia de uma casa que sabia habitada por um torcedor rival? Por qual portão adentrou o estádio? Com que pé pisou a rampa de acesso? Em que segmento exato da arquibancada se posicionou? Permaneceu em pé enquanto a bola rolava? Se viajou para ver o time, sentou-se num assento de número ímpar? Se viu o jogo em casa, estava em que cômodo quando algo se passou, e em que posição se encontrava? E, se algo de bom se passou, permaneceu naquele cômodo e naquela posição até o apito final? O cerimonial ia e ia.

Astro era ortodoxo no cumprimento do que considerava necessário, inclusive para se adaptar. Sua crença era em séries renováveis de atos e acontecimentos vividos, não numa fórmula fixa. Quando seu time era campeão (o que andava raro), Astro via a necessidade de revisar seus parâmetros, por receio de gastar a fórmula e, pior, desatar uma série ilegível de eventos adversos e fora de controle, um caos sem portas. Em contraste, quando o triunfo escapava, Astro ia sempre mais além na investigação: refinava a receita à obsessão, alquimista sem pausa atrás da pedra filosofal, enquanto à noite, para sua agonia, o telão dos seus sonhos seguia pronunciando que "Astro, a culpa é sua".

Um dia, depois de muita tentativa e erro, Astro acreditou ter atingido a conformidade perfeita, a harmonia das minúcias. É que seu time desatou a vencer em série, ligou o modo "máquina" e, após uma década, reinou como líder do Brasileirão: um, três, cinco, sete, nove, onze e, enfim, treze pontos de dianteira em relação aos mortais. A glória já se anunciava tremenda, maior do que qualquer acúmulo alheio, pois suada, preciosa e, sobretudo, justa, existencial e cristalinamente justa. A torcida, educada à sombra de inacabadas catedrais que convidam à penitência, fez-se solar: um sorriso coletivo passou a arcar o estádio após cada triunfo. Astro se achava pleno, confirmado; até deixou de sonhar o pesadelo do placar.

Mas a maré virou, não da forma diária, tabulada, tal qual mudam os oceanos batendo às praias, não: virou tipo catástrofe, tsunami. Os jogos difíceis se tornaram intransponíveis. Os fáceis, experiências de abismo. O time passou a produzir milagres sem querer, só que sempre em prol dos adversários: quem do outro lado já não andava passava a correr; aqueles que haviam esquecido o caminho do gol chegavam ao alvo mesmo sem querer;

os rivais descrentes recobravam a fé. O estádio, que antes era a morada da alegria e o refúgio da ventura, um encanto como o "Feliz Aniversário" de Villa-Lobos e Manuel Bandeira, virou a caverna da tristeza e o desfiladeiro da desesperança. Mesmo quando o time ainda esbanjava chances matemáticas de título, o elã já abandonava a torcida, que foi embarcando, rodada a rodada, no bonde do fatalismo.

O que podia ter desandado? Seguia jogando os números dos ídolos na loteria, vestindo as roupas de bom histórico, limitando as cores das meias às de seu time, beijando a bandeira da gaveta, colocando no bolso o ingresso do título brasileiro, fazendo cafuné no cachorro, embarcando no terceiro vagão, parando no botequim de costume, bebendo um gole de refrigerante quente, xingando a janela de um adversário, entrando pelo portão mais promissor, pisando a rampa com o pé direito, escolhendo o setor que melhor andava calhando, permanecendo levantado durante a partida, escolhendo lugares ímpares nas partidas como visitante, e adequando sua posição em casa de acordo com o andamento dos jogos televisionados. Atirou-se a correções e acréscimos em sua rotina de apaixonado. Olhou para trás, para a última grande vitória, e escavou arqueologicamente atos antes desconsiderados: o uso de óculos escuros; a ida ao banheiro do estádio logo ao chegar; a compra de um copo de cerveja no intervalo; o urro solitário num momento de silêncio da torcida; a coceira do nariz que não coçava, num tique. Acrescentou todos e cada um desses passos à lista. Não adiantou.

Em menos de um turno, o elenco que Astro passara a idolatrar havia se metamorfoseado. O goleiro agora abrigava, por entre vãos da velha muralha, um aviário industrial. A dupla de zaga, combinação azeitada de xerife e monge, virou um duo de manequins de vitrine. Os laterais, dois despachantes cansados numa tarde de verão. O meio operava em ponto facultativo. O ataque parecia abatido pela visão apocalíptica de quatro grandes bestas se erguendo dos mares. Os treinadores — houve duas trocas de cargo em meio à debacle — vinham destreinados.

Astro culpou apenas Astro. Lamentou não ter documentado de maneira completa, sem deixar escapar uma fração de segundo, os últimos "dias perfeitos". Reprovou em si mesmo a soberba, que equiparava a uma verruga crescida sem anúncio: lembrou que uma vez, numa manhã quente de primavera, entoou um "segue o líder" a um colega de trabalho — logo ele, Astro, um sacerdote não-declarado no culto de antever tragédias prestes a virar a esquina. Amaldiçoou seu próprio nome, Astro, que passou a considerar de uma hora para outra de mau agouro e, nisso, responsabilizou também seus pais, já mortos, por verem novelas demais e terem achado boa ideia batizá-lo com o título de uma novela protagonizada por Francisco Cuoco. No processo de autoexame e autopunição, violou de modo expresso cinco dos Dez Mandamentos.

De tanto se comiserar, mal dormia. E, logo na madrugada em que vinha conseguindo emendar mais de três horas consecutivas de sono, acordou com frio. Sentiu no rosto a braveza do "sereno" contra o qual as avós alertavam. Notou que sua suíte se encontrava destelhada e que podia olhar para um céu sem estrelas. Ergueu-se.

Deu de cara com um telão aceso. De tão grande, o monitor não cabia em apenas um cômodo — ia atravessado entre a suíte, o corredor e o quarto de visitas. No telão, que era em tudo parecido ao do estádio, vinha escrito: "ASTRO, A CULPA É SUA". Tentou desligar o aparelho. Não havia botão, nada de fio, tampouco compartimento de baterias. Preferiu, por ora, cobrir a luminosa prova de sua responsabilidade com lençóis.

Deitou, mas não descansou, meditando o que fazer até luzir a manhã. Levantou assim que começou a obra que corria há uma semana na calçada da frente. Saiu de pijama. Pediu emprestada aos pedreiros uma picareta "por cinco minutos" — não produziu sequer um arranhão no plasma. Alongou, reuniu a força de cada músculo, empurrou — não arrastou um milímetro. Embebeu panos de chão em álcool, ateou fogo — teve de apagar um princípio de incêndio no tapete, enquanto o monitor brilhava claro e funcional. Pensou então em enterrar o dispositivo — descartou o plano, pois precisaria de ajuda, o que implicaria anunciar seu papel de culpado. No auge da sua perplexidade, pesquisou o valor de explosivos — atinou que a casa desabaria junto, e que, possivelmente, o telão seguiria cintilando sobre as ruínas. Resignou-se.

Levou a cama para a sala. Comprou lona de caminhão. Revestiu o rombo no telhado e, depois, cobriu o telão — numa embalagem reforçada com correntes e cadeados, dos quais Astro guardava as chaves como ouro.

Na penúltima rodada do Brasileirão, tudo acabou num suspiro, sem estrondo: com mais uma derrota, o time de Astro desperdiçou de vez a chance de ser campeão.

Não abandonou seu clube — antes, assumiu o telão como parte da sua sina e incorporou o aparelho a seu protocolo esportivo-pessoal. Empurrou a cama de volta para a suíte. No ano seguinte, enquanto a casa era reformada com o dinheiro antecipado do fundo de garantia, testou nos dias de jogo uma série de ações em torno do monitor embalado: de deixá-lo molhado a cobri-lo com um bandeirão do time; de alvejá-lo com tapas a atingi-lo com chutes rigorosamente contados; de abordá-lo tal qual se abordaria um hostil colega de cela a tratá-lo por velho amigo. Quando arrumava as malas para uma semifinal da Copa do Brasil, a ser jogada na casa do adversário, resolveu o seguinte quanto ao telão: ia, ao mesmo tempo, descobri-lo da lona e não mais vê-lo. Destrancou os cadeados e puxou as correntes. Na hora de descer a lona, fechou os olhos. Saiu da suíte tateando, e só foi abrir os olhos na ponta do corredor, já afastado do telão. Fez questão de não enxergar a luz que passava pelas frestas da janela quando saiu de casa — viajou; testemunhou seu time arrancar uma virada improvável rumo à Final.

Antes das duas partidas da decisão, adotou a mesma postura em relação ao telão, em complemento às dezenas de outros pequenos gestos que vinham dando certo. Por segurança, optou por dormir na sala por duas semanas, tendo à disposição apenas as roupas da mala. Não leu "ASTRO, A CULPA É SUA" em nenhum lugar para além da sua cabeça. E, num domingo, o time de Astro se sagrou campeão da Copa do Brasil. Como se não bastasse, quando ainda pisava as nuvens distraído, Astro descobriu que havia ganhado na loteria no sábado, com os números de sempre. Estava rico, resolvido até o fim de seus dias.

Pensou de imediato em se mudar. Temeu repercussões esportivas. Não sabia mais o que pensar do telão. Cogitou contratar um serviço para demolir a casa e içar o monitor pela base. Receou que, deslocado de onde surgiu, o aparelho desatasse uma catástrofe em campo. Pelo time, Astro permaneceu na mesma casa — multimilionário, cauteloso em nada ostentar, mas permaneceu.

Foi até certa medida coerente com a máxima de não gastar fórmulas vitoriosas: escolheu, depois do título, contemplar o plasma sem medo. Voltou a deitar na suíte, evitando a luz do telão apenas durante o sono, quando usava um tapa-olho.

Noutra reformulação de ritual, agendou, às vésperas de um certo dia de jogo, um alarme para o meio da madrugada. Escolheu 2h48 da manhã. Acordou, contemplou o telão e gritou sete vezes:

A CULPA É MINHA!
A CULPA É MINHA!
A CULPA É MINHA!
A CULPA É MINHA!
A CULPA É MINHA!
A CULPA É MINHA!
A CULPA É MINHA!

Na décima quarta madrugada que Astro fez isso, os vizinhos chamaram a Polícia.

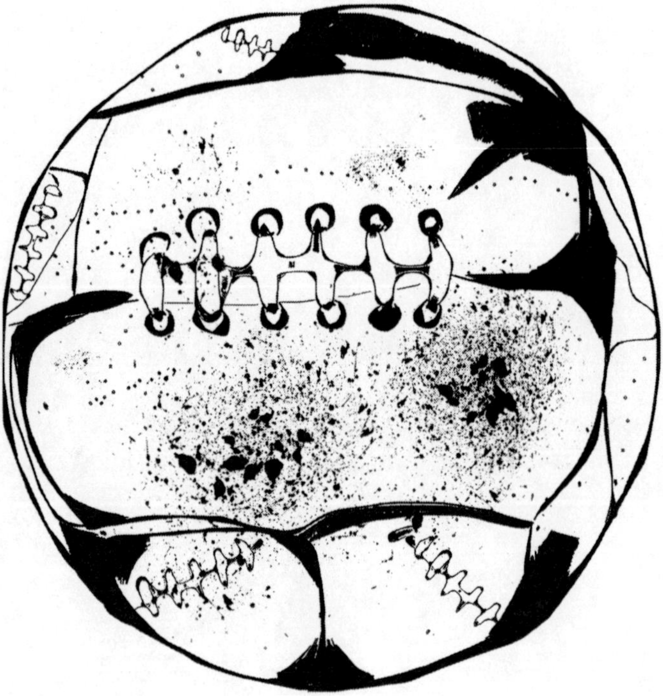

Folia de Reis

O ENFERMEIRO TROUXE ÁGUA. O Brasil acaba de conquistar o Mundial na Suécia.

Enquanto os fogos estouram lá fora, eu me transporto para cinquenta anos para trás, a 1908, talvez agosto, quiçá setembro, quem sabe outubro, data perdida no bagaço queimado. E que história eu poderia contar de 1908 senão a do Circo Americano? Naquele ano, um circo com esse nome visitou Campos dos Goytacazes. Eu, dez anos de idade, estava lá para ver.

Não era qualquer circo. Era o circo. Tinha o palhaço João Minhoca e o irmão, Alcebíades Pereira — um clown como nenhum outro, tocador de pistom, um artista que, até outro dia, dividia o nome de um circo com o palhaço Piolin em São Paulo. O próprio Piolin, aliás, estava também em Campos com o Circo Americano, menino que era, da minha idade, mas ainda sem se chamar Piolin: era o jagunço Macambira numa representação da Guerra de Canudos e, fora do picadeiro, no "mundo real", era filho da atiradora da trupe, Dona Clotilde, precisa na mira a ponto de fazer inveja em muito marmanjo que se jurava entendido de arma. Os acrobatas eram do trio Ozon.

Aquele circo me ensinou a amar. Não foi um amor daqueles que, como parecem pedir as histórias de circo, tivesse sido aceso pelo charme de uma trapezista, de uma bilheteira ou de uma bilheteira que se revezasse como trapezista. Tampouco foi um amor do tipo que tenha me forçado a abandonar minha terra, não. Quando o Circo Americano deixou a cidade, eu fiquei ainda mais enraizado em Campos e na posse do objeto de meu amor. Refiro-me a uma bola.

Essa bola era a bola que eu vi sendo chutada no matagal da Praça da República pelo pessoal do Circo Americano num dia sem espetáculo. Essa bola era, já então, uma esfera feita de costuras infinitas. Devia ter sido emendada e remendada na coxia do circo, para um número já fora de cartaz quando chegaram a Campos, e ficado por ali, num baú, guardada com os outros itens da caravana para nenhum outro uso residual que não o do bate-bola, da pelada. Rolava como uma pedra a bola costurada, a bola do Circo Americano — irregular, de arestas, mas lisa.

Ainda que não me recorde com exatidão, é provável que eu já tivesse topado com outra bola de futebol além daquela, quem sabe na mão do filho de um engenheiro, de um telegrafista ou de um ourives. O que de fato eu, menino das bandas da Usina do Queimado, neto do velho Apolinário, nunca tinha visto ainda era gente grande jogando futebol daquele jeito, a sério. Ao contrário das atrações que eu conferira dois dias antes sob a lona do Circo Americano, levado pelo meu avô, a peleja ali não deixava janela nem para apertos de mão — no lugar da Batalha de Canudos recontada em pantomima, no matagal da Praça da República se guerreava sem subterfúgio.

Diante de jogadores sem chuteiras nem uniformes, de artistas sem maquiagem nem fantasia, quem nos fazia discernir o que se passava diante dos nossos olhos por cima do capinzal baixo da Praça da República eram os meninos do próprio circo, garotos que, como nós, não podiam entrar em "*match* de adulto". Quem corria como um louco? O acrobata Adolfo Ozon. Quem batia sem pena? O clown Alcebíades Pereira. Quem golpeava a bola com o pé feito marreta? O palhaço João Minhoca. E assim, entre verbo e assombro, eu e outros moleques testemunhávamos ali um futebol ao mesmo tempo plástico e marcial, de uma só feita elástico e disciplinado, em uma palavra, circense. Um futebol do qual eu seguiria buscando faíscas e emanações nos anos seguintes, a ponto de rir sozinho quando um torcedor qualquer reclamasse ao meu lado nas arquibancadas de uma suposta "palhaçada" cometida por um atleta do nosso time. Quem dera pudesse ter visto em campo mais "palhaçadas" como as que presenciei na Praça da República há cinquenta anos.

Atrás de mais uma pelada para ver durante o tempo em que o Circo Americano esteve em Campos, passei pela praça mais uma, duas, três vezes na saída da escola — não desfrutei, porém, da sorte de assistir nenhuma outra. Na quarta e última tentativa, topei com a trupe recolhendo a lona, rumo a uma nova paragem. Sem pelada para ver, mudei de foco, mirei a bola, apoiada ali na caixa de um violão, e, ainda sem a reserva que nos cresce como rugas, ofereci ajuda a quem trabalhava perto, para a desmontagem — "mas quero a bola", fiz questão. Por destino, havia abordado logo o próprio guardião da bola — não sei se palhaço, malabarista ou homem-forte, talvez os três ao mesmo tempo: "É tua, vem". Ajudei duas, três horas, levei meu objeto de desejo em troca. Saí feliz da Praça da República naquele dia.

A bola costurada e eu seguimos juntos nas minhas andanças. De tal forma e com tal intensidade que passei a percebê-la, com o tempo, menos objeto e mais depósito — vivo — de intenções. Se eu e a bola queríamos ir aonde fosse, íamos. Soa absurdo? O que me parece fora de propósito mesmo é considerar, como um mero usador de coisas — esse tipo sim, mais ninharia do que gente — que um objeto não passe de um adendo do homem.

A bola me levou a bicos contra o muro, a peladas de idílio e de quase-morte em que mal joguei ou assisti nas chácaras, ruas e pátios das usinas; fez-me circular pelos treinos dos times que, aos poucos, foram se formando na planície: Internacional, Aliança, Americano, Goytacaz, América, Rio Branco e, no bolo, o meu Campos, fundado "Campos Athletic Association" pela turma que frequentava a casa do Seu Ângelo de Carvalho — entre eles, uma tia e dois primos. Por esses laços, o Campos, o Leão da Coroa, sempre foi meu também — a ponto de me considerar "roxo", como a cor no uniforme, antes mesmo de o Campos sequer existir.

A bola estava lá quando meu time foi campeão campista pela primeira vez. O ano era 1918 e eu, vinte anos, já havia desistido de achar brechas nos segundos quadros da cidade. Premido pelo excesso de trabalho como auxiliar na Estação do Sacco, aceitara de maneira mais leve minha falta de vocação para o desporto e me resignara a orbitar o Campos. Nisso, me empenhava no que podia: ajudava os machucados com tudo o que me vinha à mão, costurava uniformes com agulhas novas e cuidava de levar bolas, inclusive aquela, para treinos.

Mas no dia 22 de dezembro de 1918 fui persuadido a agir de forma diferente. O Campos voltava naquele domingo a jogar pelo campeonato após três meses, contra os rapazes do 15 de Novembro, tendo no meio-tempo a cidade sido acometida pela Espanhola. Valia título. Perto da decisão, adivinhei na bola circense um rasgo de vontade, uma missão, uma dobra certa na encruzilhada. Acedi. Substituí a bola "de *match*" pela bola circense, que era a bola "de apronto". Assim foi. Mais de uma vez, a bola angulou como a Física não permitiria. Em mais de duas oportunidades, ela parou sem dar sinal. Por mais de três chances, ela caiu nos pés dos nossos, quando deveria estar nos pés dos outros. Vencemos, 2x1. Tinha eu razão em adivinhar intentos num "objeto"? Tinha.

Depois daquela demonstração, guardei um pouco mais a bola, por não intuir tanto nela o anseio. Nas poucas oportunidades em que ela quis sair, saiu — mais para fazê-la brincar com meus filhos, e eu a crer ajudá-la a se mover mais rápido.

A bola do Circo Americano nem precisou rolar fora de casa quando o Leão da Coroa voltou a vencer o Campeonato Campista em 1924 e 1932. Em 1943, entretanto, quando o Campos não se fez campeão, rolou, e rolou muito — o ânimo dela nunca foi clubista, como bem descobri.

Lembrei demais daquele 1943 ao escutar no rádio, hoje, a conquista do Campeonato Mundial na Suécia. Recordei, de maneira mais específica, do dia em que eu, já pai de cinco, avô de um e funcionário graduado da Estrada de Ferro Leopoldina, levei Manoel, meu caçula, para a escola. Cada detalhe me assalta a memória: ao passar diante de um terreno baldio, pela altura do São Cristóvão, o clube campista, topei com a bola do Circo Americano em ação numa pelada — a mesma bola que deveria estar acomodada em casa. Como havia parado ali? Até hoje me escapa o como, e o que posso afirmar, de firme, é que ela estava ali rolando no meio de garotos como meu filho. Intuí na hora, e disto sigo convicto: ela queria estar pela Rua Machado de Assis, e pronto.

Parei para ver bem quando um beque entrou duro num menino que ia com ela colada ao pé. A pelada acabou interrompida, tomou conta a voragem — o grito de dor me assalta como se fosse hoje; a cena dele se contorcendo, também. Corri para ajudar, meu caçula junto. Logo reconheci o menino no chão; era Waldir, filho do Seu Arthur e da Dona Maria, neto de Dona Creusolina, rezadeira que eu chamava de tia desde que me entendi por gente. Fiz o que cabia a um ex-faz-tudo do Campos Athletic — joguei água, imobilizei a perna, ajudei a transportar o menino para casa, para a guarda de Dona Maria e Dona Creusolina, que chegou a me dar bênção na saída.

O dia correu. Manoel, atrasado na escola. Eu, afobado no escritório.

No avançado da noite, todos menos eu dormidos em casa, notei: esquecera a bola no terreno da Rua Machado de Assis. Ou melhor: ela tinha me esquecido, pois, da mesma forma que partira, não retornara. Naquela mesma noite, sonhei com a bola navegando como uma arca colossal pelo rio Paraíba do Sul.

A bola não estava mais na Rua Machado de Assis, verifiquei logo pela manhã. Seguia comigo, entretanto, em miragem, nas noites seguintes. Num sonho, ela substituía as faces de cada passageiro num bonde de passagem pela Rua 13 de Maio. Noutro, entrava de fraque para um espetáculo no Teatro Trianon. Uma vez, sonhei acordar, levantar, ir à janela e enxergar a bola feito lua sobre a cidade; saía um fogo fátuo das suas costuras, o que fazia com que Campos ganhasse cor de cana velha.

Do menino, soube que o acompanhavam dois médicos, que o quadro não progredia e que Dona Creusolina entrara em ação com seus saberes. Fui ver de perto: o joelho do garoto seguia inchado, dado florada a um caroço escuro, jeito de podre, mas, de acordo com Dona Maria, a mãe, dava sinais de melhora. Contaram mais tarde de uma receita de sebo de rim de carneiro.

Melhorou. Waldir, que passara a ir por "Didi", continuou a jogar, com autoridade, e não mais cessou — aqui em Campos, depois ao Rio e por cantos tão remotos como a Suécia, como pude escutar hoje, em ação pelo escrete brasileiro.

Eu, sessenta anos de idade, insuficientemente velho, alquebrado, restringido, condenado à incompreensão, afirmo: quinze anos depois de a bola me sumir em 1943, de me visitar desde então apenas como imagem, em quimera, voltei a intuir sua presença acordado. Isso se passou agora há pouco, durante a decisão do Campeonato Mundial, que ouvi pelas frestas. Foi logo depois do primeiro gol da partida, da Suécia. Percebi a bola do Circo Americano como se quicasse junto à porta. Olhei. Nada. Outras impressões, todas silenciosas, mas indicadoras de algo definitivamente ali me levaram aos cantos do quarto que, de jeito resignado, chamo de "casa" — zero dela. Essas mesmas sensações me conduziram, enfim, às ruas da cidade — ruas que não pude percorrer com meus próprios pés, pelo meu inconveniente presente, mas que atravessei mesmo assim, com a projeção morna do meu pensar, como se caçasse com ideias um redemoinho — fracassei. Achei apenas Campos — Campos inteira.

O que vi sem enxergar foi outra planície. Outras ruas. Outras gentes. Outros medos. Vi lanças e laços. Palhas e fardos. Um céu roxo. Uma estrela no oriente. Meu avô vivo. O campo da Rua Machado de Assis — que reconheci, mas sob luz nova: lá passava uma folia de reis, toda de azul e branco. Carros e caminhões. Um corpo de baile de carneiros. Um trem com minotauros. Um aparelho de rádio com boca falando na Praça da República. Vi tudo, enquanto ouvi cinco vezes ao fundo as pessoas gritando gol. Só não achei a bola do Circo Americano. Posso ter um dia enlouquecido. Não lembro quando.

Ora me debato. Por que a bola do Circo Americano me desapareceu um dia, no fim das contas? Terá sido por um exílio feito de remorso, de remorso de bola por um menino, o mesmo menino que hoje nos vingou a todos? Por onde circula? Habita matagais? Dorme numa floresta? Repousa, nem objeto nem sujeito, com rochas num deserto? Está num circo, quem sabe na Suécia mesmo, e de lá me fez avisar do expirar da pena que se impôs? Será que ainda regressa para me soprar, nem eu sei como, um inaudível "estou aqui"? Ou tem mais o que fazer e a quem encantar?

O enfermeiro apagou as luzes[2].

---

2 **NOTA DO AUTOR:** a primeira metade deste conto se baseia de forma livre numa carta do escritor e jornalista Renê de Castro Soares ao irmão Hugo de Campos Soares, ex-jogador de futebol e jornalista, conforme referenciada e citada por Aristides Leo Pardo em "No país do futebol, cidade sem memória: a história futebolística de Campos dos Goytacazes" e Paulo Ourives em "História do futebol campista". Com papéis de destaque na imprensa de Campos ao longo do século XX, Renê e Hugo eram filhos do jornalista, historiador, teatrólogo e político Múcio da Paixão. A divergência de base do presente conto em relação ao relato de Renê Castro Soares refere-se à data da passagem do Circo Americano pela cidade do Norte fluminense. Na carta original, Renê indica que um "um circo de cavalinhos" visitou a cidade "por volta de 1907". Pela descrição que o jornalista fez da trupe, tratava-se do Circo Americano. Nas edições de 28 de setembro e 23 de outubro de 2008, o jornal "Monitor Campista" resgatou na seção "Há 100 anos" duas notícias sobre a aparição do Circo Americano em Campos em 1908, uma delas mencionando de maneira direta "os aplaudidos e estimados clowns Recebiades [sic] e Carlito Pereira [o palhaço João Minhoca]". Para a composição deste conto, também acionei o indispensável "Didi: o gênio da folha-seca", de Péris Ribeiro.

A partida

Não é a bola alguma carta
que se levar de casa em casa:

é antes telegrama que vai
de onde o atiram ao onde cai.

[**JOÃO CABRAL DE MELO NETO,**
EM "DE UM JOGADOR BRASILEIRO
A UM TÉCNICO ESPANHOL"]

NÃO COMPREENDO ATÉ HOJE a natureza do que se passou no fim da tarde de 16 de outubro de 1999, na sala de publicações seriadas da Biblioteca Nacional, no Rio de Janeiro.

Retomava ali o projeto interrompido (e nunca concluído) de um dicionário poético da obra de João Cabral de Melo Neto, poeta que havia morrido uma semana antes. Tinha pronto desse dicionário até então apenas um verbete ("pedra"), dentre uma revoada de inacabados, de que puxo de cabeça "árvore", "cão", "cana-de-açúcar", "faca", "número" e "rio". Pesquisava a partir daquele dia para "bola", de modo a dar conta da circunstância de Cabral não apenas ter escrito sobre futebol, como também competido nos gramados quando jovem.

Sob a alcunha de "J. Cabral", o adolescente João Cabral de Melo Neto pode ser encontrado nas páginas dos jornais do Recife entre 1935 e 1936 como parte dos juvenis do alviverde América e, depois, do tricolor Santa Cruz, onde chegou a ser campeão pernambucano da categoria. Aos 16 anos de idade, o center-half — hoje, "volante" ou "primeiro volante" — largou o futebol: "Porque comecei a ter interesses intelectuais, e futebol me tomava muito tempo. Foi o tempo também que eu acabei o colégio", disse o poeta numa entrevista[3] à Folha de S. Paulo, quiçá a sua última.

Era essa história, a de um percurso interrompido pelos campos, que eu conhecia e que pretendia trazer para dentro do verbete "bola" em meu dicionário. Até o momento em que duvidei. E, se duvidei, foi por ter topado na Biblioteca Nacional com um artefato que, depois daquele 16 de outubro de 1999, não conseguiria mais reencontrar, nem encaixar em uma explicação coerente.

O artefato em questão era uma edição microfilmada do jornal recifense "Diário da Manhã", datada de 6 de maio de 1941. Quando esbarrei naquele microfilme, vasculhava indicações da apresentação por Cabral da tese "Considerações sobre o poeta dormindo" no Congresso de Poesia do Recife, que se desenrolava desde abril.

---

3 Reportagem de Fábio Victor em "Folha de S. Paulo", 10/10/1999.

A relação entre a tese e o verbete "bola" decorria da seguinte passagem da monografia cabralina:

> Antes de tudo, porém, uma observação se faz necessária: a poesia não está no sono, no sentido em que ele constitua um reservatório, do qual, em sucessivas descidas, o poeta nos aporte os materiais de seu lirismo. O sono predispõe à poesia. Reconheço que o próprio elemento, o sono em si, a própria palavra: sono (feita de sons que parece se prolongar no escuro; a voz do homem falando no escuro), são coisas enormemente poéticas. Entretanto, a ação do sono sobre o poeta se dá em outro nível que o de simples material para o poema. Num terreno em que ele deixa de ser um objeto e se transforma como que num exercício, num apronto para o poeta (no sentido esportivo do termo), aguçando nele certas aptidões, certa vocação para o sobrenatural e o invisível, certa percepção do "sentido oculto das coisas inertes", da fórmula de Pedro Nava[4].

Para minha surpresa, não encontrei na edição de 6 de maio de 1941 do "Diário da Manhã" menção à apresentação da tese sobre o laço entre poesia e sono. Achei Cabral noutra seção, na performance doutra atividade: a de jogador de futebol pelo Santa Cruz, em ação contra os rubro-negros do Sport na Final do longo Campeonato Pernambucano de 1940, que havia sido encerrado só no domingo anterior, 4 de maio de 1941. Minhas anotações em lápis, marcadas num papel hoje amarelado, transcrevem os trechos da reportagem que citavam Cabral (grifos conforme rabiscados):

4 "Renovação", Ano III nº3, junho de 1941.

> Os tricolores são os primeiros a ingressarem no gramado. Depois surgem do lado oposto os rubro-negros. Formam para o embate com a seguinte disposição:
>
> SANTA CRUZ — Vicente; Sidinho II e Pedrinho; Amaro, <u>Cabral</u> e Pedro; China, Henrique, Tará, Sidinho e Siduca.
>
> SPORT — Buchatsky; Mulatinho e Zago; Omar, Furlan e Bibi; Navamuel, Ademir, Pirombá, Pilota e Djalma.

Depois do Santa Cruz 1x0 Sport:

> A pressão tricolor vai se acentuando e os médios Amaro e Pedro ajudam o quinteto na sua faina de aumentar o score, cabendo a <u>Cabral</u> a guarda solitária das chaves da defesa do Santa Cruz.

Já no Santa Cruz 2x1 Sport, que viria a ser o placar final:

> O esquadrão tricolor, para evitar qualquer proeza do adversário que, longe de se render, ameaça a cada instante com o empate, inicia o processo usual, da "bola-fora". <u>Cabral</u>, sozinho, pontapeou o balão às laterais por cinco vezes, em rápida sucessão.

E no balanço final:

> O quadro tricolor teve uma figura que lhe assegurou a vitória final — o seu arqueiro Vicente. Foi espetacular e impressionante nas suas muitas intervenções. Segue-se <u>Cabral</u>, comandante do trio intermediário, cuja resistência foi destacada, a par com uma capacidade inigualável de desarmar o adversário.

No centro da página, para calar qualquer dúvida, estava lá João Cabral de Melo Neto, indiscutivelmente ele, de cabelo penteado para trás, uniformizado com a camisa coral, a do time vencedor. Um pouco abaixo da metade da página, a legenda da foto estampava: "O time campeão de 1940".

Lembro que ainda terminava de anotar quando fui avisado sobre o encerramento do horário de consulta na biblioteca. O que de fato desvendei? A verdade é que não sei.

No dia seguinte, de volta à biblioteca, solicitei o mesmo microfilme, para ler as edições subsequentes do "Diário da Manhã". Em vão. Não descobri mais o Cabral jogador, nem mesmo naquela edição do dia 8 de maio de 1941, que me reapareceu, de uma só vez, igual e diferente. Onde constava "Cabral" no relato da Final do Pernambucano de 1940, aparecia, dentre outras pequenas alterações, "Pelado" — o meia que, verifiquei mais tarde, aparecia relacionado em toda e qualquer descrição da decisão do Campeonato Pernambucano de 1940. Só pude achar naqueles arredores de maio de 1941 o Cabral poeta, o Cabral do Congresso de Poesia do Recife.

De tempos em tempos, mesmo depois de abandonar a ideia do dicionário poético, voltei à Biblioteca Nacional para checar se, por acaso, aquela página microfilmada do "Diário da Manhã" permanecia com Pelado no lugar de Cabral — e, sim, seguia, sempre seguia.

Numa estada no Recife, há alguns anos, bloqueei minha agenda para ir atrás da edição de 8 de maio de 1941 do jornal — só para ler, na versão física e na mesma toada: foi Pelado quem atuou na guarda do meio de campo do Santa Cruz na decisão. Não é sem alguma vergonha que confesso: desde que os arquivos do "Diário da Manhã" se tornaram disponíveis na internet, não passo um mês sem revisitar o exemplar de 8 de maio de 1941 — em vão: Cabral persiste ali, àquela altura, poeta.

Já nem sei bem mais o que busco: uma resposta sobre a natureza do fenômeno que me fez enxergar por uma ocasião o que nunca mais enxerguei, ou uma continuação daquela história[5].

Sim, divago. O que mais me resta?

5 Naquela linha do tempo, Cabral-jogador participaria da interminável "Excursão da Morte" do Santa Cruz pelo Nordeste e pelo Norte do Brasil, em 1943, em que Papeira e King morreram de febre tifoide? Redigiria memórias sobre o ocorrido? Ou teria, antes, ido atuar no Rio de Janeiro, como o contemporâneo Ademir de Menezes (ex-Sport)?

O sequestro

NO DIA 13 DE JUNHO DE 1991, o empresário do ramo de distribuição de bebidas Armindo Reimão, português de 71 anos de idade, radicado no bairro de Marechal Hermes, sócio benemérito do Bangu Atlético Clube, visitou pela sétima vez em sua vida o consultório do psiquiatra Berko Litman, no Leblon. Como nas oportunidades anteriores, estava lá por pressão e compromisso com a esposa e as duas filhas já crescidas, que andavam preocupadas com o fato de, dois meses antes, Armindo ter mudado "de um dia pro outro" e passado a "ver coisas".

Um trecho da conversa entre médico e paciente naquela ocasião consta de um relatório da Coordenadoria de Inteligência e Apoio Operacional da Polícia Civil do Estado do Rio de Janeiro (Cinap), datado de quatro dias depois da consulta de Armindo Reimão com o Dr. Litman e remetido ao gabinete do governador fluminense, conforme documentado em dossiê:

SR. REIMÃO (00:05): Não reconheço mais minha esposa e minhas filhas, doutor. Ou melhor: elas seguem sendo elas, digo, são minha esposa e minhas filhas, mas descobri nelas novos gostos, novos jeitos, novas carreiras, novas histórias até... já contei aqui: minha casa tá diferente... minha impressão, doutor, é como se eu estivesse vivendo um sonho, e dos longos... é como se, numa manhã qualquer, eu tivesse acordado pra cair em outro sonho... eu não entendo.

DR. LITMAN (01:57): Dentro desse sonho que você descreve, você sonha?

SR. REIMÃO (02:38): Sim... tive um sonho espantoso na noite passada. Acordei dele sem conseguir voltar a dormir. Eu tava sequestrado dentro de uma tapera, doutor, amarrado ao pé de uma cama sem colchão, toda estropiada.

[SILÊNCIO]

DR. LITMAN (03:15): Por que é importante para o senhor recordar disso?

SR. REIMÃO (03:29): Talvez algo de morte, de medo...

DR. LITMAN (03:50): Medo de quê?

SR. REIMÃO (03:55): Eu não sei. Quem sabe de sequestro mesmo. Li no jornal outro dia que existem vinte e sete pessoas no cativeiro agora no Rio, esperando resgate. Vinte e sete pessoas, doutor!

DR. LITMAN (04:08): Como foi esse sonho?

SR. REIMÃO (04:12): Bem, no sonho, eu tava sem camisa. E eu sentia, doutor, um frio de mata, como se estivesse lá. Ouvi uma rajada, tipo de metralhadora. Olhei pra porta da tapera, que ia escancarada. Pensei no sonho: "os tipos que me pegaram saíram pra atirar de volta"...

DR. LITMAN (04:45): E aí?

SR. REIMÃO (04:52): As rajadas foram chegando mais perto. Daí vieram gritos, que logo pararam, e um silêncio, doutor, um silêncio de cemitério. Um policial mascarado entrou, de Mauser apontada, deu um tapa no batente e me perguntou como eu estava. Fiz um gesto, não lembro qual, de que tava bem. O que me deixou surpreso foi que atrás dele, doutor, veio o Dr. CA, a quem tenho por amigo há décadas... e ele carregava uma metralhadora, doutor, e me desamarrou...

DR. LITMAN (05:35): O que você sentiu nesse momento?

SR. REIMÃO (05:48): Alívio, doutor. Como já disse, também senti surpresa. Não imaginava o Dr. CA ali. Ainda menos naquela condição. Ele era tratado como governador, doutor.

DR. LITMAN (06:12): [INAUDÍVEL]

SR. REIMÃO (06:27): Fui embora no carro do governador. Descemos no Palácio Guanabara, que tava inteiro pintado de verde e branco, doutor. O Dr. CA me conduziu da porta até uma sala escondida, doutor, onde trabalhavam três soviéticos. "Todos são cientistas", me disse o Dr. CA. O baixote deles, um careca, chamava-se Anatóli, Anatólio, Amadeu, ou coisa que o valha... o Dr. CA me disse que eles estavam lá pra assegurar aquele mundo.

DR. LITMAN (07:05): "Assegurar aquele mundo?".

SR. REIMÃO (07:12): Sim, doutor. O Dr. CA me explicou que eles tinham saído da União Soviética a peso de ouro, pra garantir que aquele mundo seguisse inteiro. Não era o nosso mundo, doutor. Era o único mundo em que o meu time e o do Dr. CA tinha sido campeão brasileiro de 1985, o que a gente quase foi mesmo, no Maracanã... e depois campeão brasileiro de novo em 1990, no Morumbi, que a gente não chegou nem perto. Era também o mundo em que o Dr. CA era governador. Os soviéticos estavam lá pra fechar uma tal porta, pra que ninguém invadisse de um mundo diferente e tudo caísse de uma hora pra outra. Doutor, esse sonho diz o quê?

DR. LITMAN (07:58): Como você responderia essa pergunta?

SR. REIMÃO (08:08): Olha, doutor, se eu soubesse, eu me faria analista, psicólogo, psiquiatra com consultório em Ipanema, café fresco, água geladinha... não vejo o Dr. CA há alguns anos... coisas da vida. Vou remediar isso. Aliás, mandei cercar o coelho antes de subir aqui...

DR. LITMAN (08:32): [INAUDÍVEL]

[GRAVAÇÃO ENCERRADA OU DE QUALIDADE COMPROMETIDA]

PROTOCOLO:

Remetido ao gabinete de V. Ex.ª Governador do Estado do Rio de Janeiro, o Sr. Dr. Cas...

A placa

O fogo é um sessenta avos da Geena;
o mel é um sessenta avos do maná;
o Sábado é um sessenta avos do Mundo Vindouro;
o sono é um sessenta avos da morte;
e o sonho é um sessenta avos da profecia.

[**TALMUD BAVLI**, BERAKHOT 57B]

MIGUEL HERCULANO ERA TORCEDOR do Boavista Futebol Clube, morador da freguesia de Ramalde e professor de História da Civilização Grega na Universidade do Porto. Cursara tanto mestrado quanto doutorado na Inglaterra, ambos entremeados por viagens de campo à Grécia e à Turquia. Tinha pretensões literárias para além da sua cátedra, ou quase isso: há dezenove anos, escrevia um romance interminável. O tema girava em torno da surpreendente derrota de Portugal por 1x0 para a

Grécia na Final do Campeonato Europeu de Futebol de 2004, no Estádio da Luz, em Lisboa, pela ótica de um narrador helênico da Esmirna do século VIII a.C, a quem toda a história em torno daquela decisão surgiria num sonho.

A tarefa era imensa, sobretudo pelo desafio da perspectiva. Herculano precisava que seu narrador *desconhecesse* quase três milênios de guerras, descobertas e construções do pensamento entre um ponto e outro para fazer o leitor conhecer, nos termos de um narrador antigo, um caso do passado recente. Na busca desse efeito literário, Herculano empregava mais esforço depurando que escrevendo. Fazia-se necessário, por exemplo, plantar no narrador-sonhador um estranhamento de base sobre o futebol e o esporte como conhecemos hoje, dado que o homem da velha Esmirna só acharia termo de comparação para o futebol em alguma forma de *επίσκυρος*, o epísquiro, jogo de bola muito associado a Esparta, e para a própria ideia de esporte competitivo no engatinhar das Olimpíadas no mundo grego.

O único anacronismo que Herculano se permitia de maneira consciente corria a serviço da trama, que tinha em seu cerne um personagem fisicamente transplantado de um passado mais "recente": um mago da virada do século IV para o século V d.C, mais de dez séculos afastado do narrador arcaico. No episódio que dispara a história, esse mago desaparece de sua pequena oficina bizantina, de onde costumava produzir e escrever placas de chumbo para amaldiçoar times e condutores de bigas e quadrigas que competiam no Hipódromo de Constantinopla nos dias do imperador Arcádio.

O plano do romance era cobrir a jornada do mago bizantino conforme sonhada pelo narrador: da transposição de Constantinopla a Lisboa, do encontro com um misterioso contratador à conquista da seleção grega no Estádio da Luz. Ao narrador-sonhador da Esmirna da Antiguidade não bastaria, portanto, dar conta da Lisboa do século XXI, a Lisboa onde se decidiria o desfecho de uma assembleia tão estranha como a "Eurocopa", mas também dos usos e costumes da civilização bizantina da virada do século IV para o século V d.C, a do mago, em muito alheia a um homem da Esmirna do VIII a.C.

A obra do professor Herculano era um labirinto moldado a partir da própria matéria-prima do tempo, e povoado pelo mito. As paredes desse labirinto precisavam ser antigas, contemporâneas do homem de Esmirna, mas o que passasse por entre seus muros e quinas deveria constituir uma novidade radical, tão exótica que se tornasse, em algumas passagens do livro, incomunicável. Ou melhor: incomunicável sem uma referência às origens do mundo e das coisas.

Os dezenove anos de composição do romance se passaram para o professor como uma noite:

CAPÍTULO 1

O mago encontra e conversa com o contratador — dois anos nisso gastou Herculano escrevendo.

O narrador da velha Esmirna parte do sumiço de um mago de "uma grande cidade para além de Troia e da Ascânia". Quando dá por si, ainda de martelo na mão, sob o brilho de uma noite luminosa "longos anos para frente", o mago se acha diante de um homem encapuzado — o responsável por tê-lo invocado. Os arredores são os de uma "praça de epísquiro" (Estádio da Luz), nas "lonjuras de Ogígia", onde reina "a graciosa Calipso".

O encapuzado demanda ao mago que confeccione e plante uma placa de chumbo “sob a mais fina das relvas” da praça. O objetivo? Esconjurar e sabotar as forças de quem se punha contra “os atenienses, os espartanos e seus coligados” a tempo de uma “assembleia”, a ser realizada no local em três dias.

Em troca do serviço, garante o encapuzado, o mago receberá adiantados vinte e três talentos de ouro, ocultos sob o chão que ambos pisavam, enquanto o restante virá na forma de um retorno seguro para casa. O contratador promete fornecer tanto meios quanto uma escolta — que adiante se revelará composta por cinco criaturas míticas.

(Só a transcrição do diálogo entre o encapuzado e o mago tomava cinquenta páginas.)

CAPÍTULO 2

O mago forja a placa e insculpe nela um texto oculto — por dois anos Herculano cortou idas a jogos noturnos do Boavista no Estádio do Bessa.

O narrador da velha Esmirna se dedica a revelar em seus termos o universo das competições equestres na porção oriental do Império Romano, incluídas as *δήμοι* — as facções do circo, a ele estranhas —, a sanha dos apostadores e os hábitos extravagantes dos condutores de bigas e quadrigas. O narrador também descreve, como entende, a ascensão do cristianismo, fato sócio-histórico que havia colocado sob vigilância a atuação do mago em seu tempo.

A confecção da placa pelo mago salta como ação de destaque neste capítulo. Equipado pelo contratador com ferramentas para fundição, o mago trabalha num fundo de loja, ao longo de um dia. A exposição de cada etapa metalúrgica atravessa as páginas: a produção do molde, o aquecimento e a liquefação do chumbo, a retirada do detrito, o derramamento do metal sobre o molde, o resfriamento, a solidificação e a remoção da placa do molde ("do tamanho da palma de uma mão").

CAPÍTULO 3

A escolta se apresenta — três anos passou Herculano a refinar um bestiário.

O narrador descreve as criaturas míticas que surgem num matagal perto da praça de epísquiro, no dia seguinte à fundição da placa. São elas, pela ordem: Quimera, "a respirar fogo de cada uma das suas três cabeças" (de leão, dragão e cabra); Cérbero, o cão das profundezas, "a comer sete bois inteiros com as cinquenta mandíbulas arqueadas das suas cinquenta cabeças"; Procela, uma das harpias "de longos cabelos"; Catades, o último dos Ciclopes, "tímido como uma ovelha"; e Rátimos, o ajudante fracassado do grande Quíron, um centauro de tipo tão preguiçoso que os grandes bardos da Grécia Antiga "acharam por bem esquecer e depois não saber".

CAPÍTULO 4

O mago e a comitiva fazem preparativos e arquitetam a invasão da praça de epísquiro — um ano: foi o quanto Herculano precisou para escolher um prego.

O narrador da velha Esmirna atenta para os encantamentos empregados antes das corridas no Hipódromo de Constantinopla — o ganha-pão do mago. Depois de uma longa descrição de como amaldiçoar um rival, contemplando da semântica invocatória aos limites da etiqueta no rogar das pragas, o mago e sua comitiva encontram, "por obra das filhas da Noite", um longo prego de ferro vermelho, "temperado por um fogo interior que nunca cessava e que o fazia brilhar". À luz do prego de ferro vermelho, o mago toma a placa de chumbo e, "com uma fina ponta de metal", inscreve a maldição — cujo conteúdo o leitor ainda ignora.

Os integrantes da comitiva estudam os acessos à praça de epísquiro e debatem com o mago. Todos concordam em entrar pela frente da praça, ocultos sob mantos de névoa emprestados das Musas.

CAPÍTULO 5

O mago e a comitiva adentram a praça de epísquiro — Herculano atravessou quatro anos de um épico produtivo nas madrugadas, nos intervalos entre despertares e trocas de fraldas de seus dois primeiros filhos.

O homem de Esmirna aqui salta a contar uma aventura.

O mago e a comitiva vestem os mantos de névoa e adentram a praça de epísquiro, "antes de raiar o dia da assembleia". Em cada estágio, encaram um desafio, na forma de "rampas dentadas e moventes" (escadas rolantes), "faróis permanentes" (lâmpadas elétricas), "guardiões do trovão" (policiais armados), "paredes que gritam" (com alarmes) e "caixas de olhos" (câmeras), a preço da queda de um integrante da comitiva por obstáculo ultrapassado.

CAPÍTULO 6

O mago prega a maldição sob a praça de epísquiro — dois anos de dipirona para amansar enxaquecas.

O narrador centra atenção no mago. Sozinho, semicoberto sob a manta enevoada, de encanto prestes a se esvanecer, o bruxo de Constantinopla "desbrava [na praça] as partes onde a relva rareava" e fixa com o seu martelo e o prego de ferro vermelho "a placa da pesada maldição".

CAPÍTULO 7

A Grécia derrota Portugal com um gol de cabeça — um ano dedicado a desentender o futebol e o esporte competitivo no século XXI.

O homem de Esmirna descreve a decisão da Eurocopa com a obsessão descentrada dos muitos forasteiros, àqueles aos quais qualquer detalhe desponta grande.

Os torcedores tomam as arquibancadas ("Nos confins da assembleia estavam os gregos cercados pela bárbara multidão"). Os times entram em campo ("Os campeões de cada gente se dirigiram ao centro da praça com seus corpos cobertos, e cantaram hinos"). O jogo começa ("Uma forma de epísquiro jogado com os pés e a cabeça por quase todos os reunidos no centro da praça"). O árbitro e os auxiliares disciplinam a partida ("Um dos homens de preto soprava uma pequena trompa, enquanto outros dois corriam junto às linhas com panos nas mãos").

Da seguinte forma, a título de ilustração, o velho esmirniota expôs o único e decisivo gol da partida, o golpe a que os portugueses tentariam tantas vezes sem sucesso responder:

> Então Calceu, desde o canto da praça, chutou a bola. Tal como salta um homem determinado a espiar o outro lado de um muro — com os olhos fixos no que procura ver, enquanto o seu corpo se ergue —, assim saiu Sereno do chão para tocar a esfera com a cabeça[6]. Quando a bola cruzou a linha, os gregos na assembleia passaram a cantar hinos à Vitória, de abertas asas.

Neste capítulo, o professor Herculano meteu muito de si e de seu entorno. Era ele o bárbaro que "em meio ao ruidoso tumulto evocou a destruição do grego nome". O homem que "apostou e dissipou sete talentos de ouro como se perdesse os dentes" estava ali para representar a besta do seu vizinho em Ramalde. "O mais jubiloso dos cavaleiros na guarda dos inimigos dos atenienses, espartanos e seus coligados" incorporava um primo distante de seu pai, um campino do Alcochete que cavalgara junto ao ônibus da seleção portuguesa rumo ao Estádio da Luz.

CAPÍTULO 8

O contratador se propõe a cumprir o resto do acordo, mas o mago decide ficar — dois anos de descrença e desesperança para chegar à última página.

O narrador posiciona o mago e o contratador mais uma vez cara a cara.

---

6 Pelo cotejo com o jogo efetivamente jogado, "Calceu" é o volante Angelos Basinas e "Sereno", o centroavante Angelos Charisteas.

O contratador prepara o mago para "regressar aos seus dias", mas o mago logo o interrompe, decidido a permanecer onde está, satisfeito apenas com os vinte e três talentos de ouro já adiantados.

A obra não teve um ponto final, incompleta que ficou a poucas linhas do desfecho planejado. As últimas frases batidas foram as seguintes:

> Tigranes [assim se chamava o mago] disse a Erébio [o contratador]: que sejam breves vossas aflições e longos vossos dias. Erébio agradeceu.
>
> Tigranes então caminhou em direção ao rio, e lançou sobre as águas o seu martelo.
>
> Sob a praça de epísquiro, dorme até hoje a placa de Tigranes. E a quem atinge lê-la desde as profundezas pode descobrir que...

Quando se preparava para completar a frase, o professor Herculano notou um ruído em seu escritório. Levantou os olhos que iam fixados na tela e enxergou à sua frente um homem que antes não estava ali.

De pé junto à mesa de trabalho de Herculano, o forasteiro se apresentou, num grego comum (*κοινή*) com nota armênia e persa: era Tigranes, o mago. Fez mostrar uma placa, que o professor o leu com a lupa que tinha à mão:

> Por Hermes, Hécate e Perséfone,
>
> Pela intercessão dos grandes deuses da Samotrácia,
>
> Eu, Tigranes, um simples artesão da rainha das cidades, por ora exilado em dias que não são os meus nas plagas

> da Ogígia, invoco aqueles que ocupam os domínios do subterrâneo para:
>
> Que segurem e restrinjam os adversários dos atenienses, dos espartanos e de seus coligados, que os contenham e os agarrem na praça na assembleia que se anuncia.
>
> Que assombrem os pensamentos deles, que turvem suas mentes e seus sentidos, de tal modo que não reconheçam o que estão fazendo.
>
> Que fechem os olhos deles, para que não enxerguem.
>
> Que entortem seus pés, para que toquem a bola como a uma pedra pontuda.
>
> E que amarrem as pernas deles, para que assim não corram.

Seguiam-se as versões helenizadas dos nomes de 23 atletas da seleção portuguesa, além de "Escolaios, o instrutor"[7]. Era de chumbo, tinha um furo no topo, apresentava o tamanho de um palmo: era a placa que Herculano tinha imaginado, ou achado que tinha imaginado sozinho.

O mago de novo falou. Relatou que ambos faziam parte do mesmo sonho. Para provar, puxou seu manto para trás. Das malhas, saltaram criaturas ainda mais fantásticas do que as descritas por Herculano no livro, entre elas Equidna, meio serpente, meio ninfa, vestida com o uniforme quadriculado em preto e branco do Boavista. "Mas o sonho não é só nosso, pelo menos não na origem", explicou. "Tudo está determinado, e ao mesmo tempo aberto".

---

7 O treinador brasileiro Luiz Felipe Scolari, que dirigia a seleção portuguesa na Eurocopa de 2004. Por curiosidade: o zagueiro Ricardo Carvalho ali era algo como "Driseu"; o craque Figo, "Siquéias"; Deco, um intuitivo "Decas"; Rui Costa, um anatômico "Plêurion"; e o jovem Cristiano Ronaldo, um numérico "Heptes".

Quem sonhava para ambos estarem ali, seguiu o mago, era um homem de Esmirna, de dois mil e setecentos anos atrás, tão velho quanto o narrador do livro inacabado do professor Herculano. O sonhador, expôs o mago, era contemporâneo de Homero — sem poder descartar que o sonhador pudesse ser ele mesmo Homero, ou que, ao contrário, jamais tenha sido Homero, ou, ainda, que talvez nunca tenha existido exatamente um Homero. Aquele homem antigo, elaborou o mago de Constantinopla, havia inventado uma forma de não morrer, num sonho que não se esgotava, pelo contrário: renovava-se e expandia-se em câmaras, como as novas partes de um palácio.

Se, por algum acaso ou engenho, encantos e fabulações de homens como eu, o mago Tigranes e o professor Herculano fazem esquina com o sonho ilimitado do homem de Esmirna, se por um instante concebemos a possibilidade de um sonhador tão velho quanto seu próprio sonho, um novo portão lateral do palácio imaginado pelo homem de Esmirna se abre para que nós, sonhadores visitantes, percorramos uma ou mais câmaras, alas e aleias que são como sonhos diferentes dentro de um mesmo sonho.

Escrevo este relato sem saber precisar quando uma das portas se abriu para mim. Pelo que me consta, a Tigranes, o mago, uma porta se abrira numa noite de inverno, ao deixar cair uma caneta de metal durante a escrita de um papiro sobre a produção de sonhos (*ὀνειροποίησις*); a Herculano, o professor, no meio de uma aula sobre o lugar do jogo na imaginação grega; a mim mesmo, não posso precisar. Talvez tenha sido no Metrô.

Só posso afirmar que homens do futuro estarão no sonho do homem de Esmirna. Não duvido que, mesmo depois de o sol se apagar, seres conscientes ou singulares sigam pulsando naquele grande sonho.

O ex-sósia

VENDER CARROS USADOS mudou a vida do Ex-Sósia. Andava com o ganha-pão em risco depois do fim da carreira do Craque, mesmo sendo o mais talentoso, versátil e, de fato parecido, imitador. A boia de salvação do Ex-Sósia veio num dos últimos trabalhos como sósia: a participação como animador de um feirão de ofertas numa revendedora de veículos. Para o bem de seu futuro, extrapolou a tarefa prevista, amaciando três clientes a comprarem sedans até então invendáveis. Na semana seguinte, o dono da revendedora propôs um período de experiência como vendedor; três anos depois, o Ex-Sósia seria promovido a gerente.

É claro que o passado nunca deixou de acompanhar o Ex-Sósia. A cada primeiro contato na revendedora surgia no mínimo um "Mas você se parece demais com alguém...". Estava acostumado — compunha o seu apelo, mesmo de maneira residual; logo respondia: "É verdade, com o Craque". Quando o papo engatava, relatava passagens dos tempos de sósia. Narrava muito bem a história do dia em que tivera de fugir de um shopping num monte de toalhas de mesa sujas para evitar a fúria de um marido traído e armado (culpa do Craque). Ou das vezes, no trem a caminho da faculdade, em que pessoas pediram fotos, desacreditando ser ele um sósia. Do trem também lembrava dos conselhos religiosos e dos olhares divididos entre o fascínio e a compaixão pelo Craque, além do recorrente: "se tá ruim pro Craque, imagina pra nós". Gostava especialmente de rememorar como aprendeu a enganar em campo, a afetar uma habilidade que não tinha para atuar de jeito cômico em peladas ao lado de outros sósias, engordando a programação de feiras agrícolas e festas corporativas de fim de ano. Não se esquecia da oportunidade em que carregou o caixão de um fã do Craque, da ida remunerada à fila de um banco, dos batizados, das festas de quinze anos, das formaturas, do casamento em que atacou de padrinho, da reprovação no teste do bafômetro e na posterior chegada da imprensa (atrás do Craque), e do fato de ele mesmo, enquanto sósia, possuir admiradores e seguidores. Claro que não contava assim, de cara, do dia em que se descobriu contratado para uma confraternização num motel, nem do serviço que rendeu seu melhor cachê da vida: passar cinco horas acenando de um camarote e dizendo variações de "Tamo junto" na festa de aniversário de um chefe do tráfico.

Se algum cliente da revendedora questionava sobre como fazia, no passado, para acompanhar as mudanças no visual do Craque, abria um capítulo à parte, que bem poderia ter sido tirado de um livro de espionagem: atravessara regimes radicais de emagrecimento ou de engorda, rotinas alimentares de fazer inveja a lutadores de boxe, destinadas a perder ou ganhar peso em breves janela de tempo; mantivera um informante no staff do

Craque (um ex-colega seu de escola), com quem se comunicava em código ("tapete" era cabelo; "abajur", brinco; "louça", cordão; "quadro", tatuagem); descobrira as lojas onde o Craque comprava ou mandava comprar roupas e mapeara seguranças e funcionários dos arredores, para estabelecer pontes; recebera fotos em tempo real dos salões de cabeleireiro frequentados pelo Craque em três continentes; e, no auge do funcionamento de sua rede de informações, mostrara-se capaz de reagir a um novo corte de cabelo em menos de três horas e a uma mudança de silhueta em uma semana. Seu monitoramento, gostava de ressaltar, era tão meticuloso que, com o tempo, passara a mandar reproduzir até a calvície nascente do Craque — primeiro, com cortes à máquina nos cantos da testa e, mais tarde, com aparadas na coroa da cabeça.

Não escondia, entretanto, uma nota de amargura: no auge como sósia, viu-se obrigado a encarar um processo por danos morais e materiais — "uso indevido de marca e de imagem", indicava a papelada apresentada pelo escritório que representava o Craque. "Culpa do safado do empresário do Craque na época", contava, isentando em parte o imitado. Foi defendido *pro bono* por um advogado que, coincidência, assemelhava-se por demais a um ator que representava vilões em novelas de época nos anos 1980. Acabou isentado, tendo triunfado a tese de que ele, então sósia, era tão somente "um artista em livre exercício do seu mister". A ferida nunca fechou de maneira completa.

Apesar de não se furtar a revisitar esses momentos de sua vida pregressa, o fato é que, com o tempo, o Ex-Sósia se emancipou como figura humana. Na esteira da consolidação na nova carreira, já não era mais bem o Ex-Sósia. Quando se tornou gerente na revendedora — foi notar isso só meses mais tarde —, deixou até de se informar sobre o paradeiro do Craque, que, depois do futebol, vivia de aluguéis, jogava futevôlei e comparecia a gravações de podcasts. O Ex-Sósia, em paralelo, passou a ser em tudo mais si mesmo, mais gerente, mais o cara que se formara, lá atrás, em Turismo no turno da noite. Ajudou nessa emancipação o casamento com a noiva que enrolava há cinco anos, desde os tempos de sósia, e, mais ainda, o nascimento de suas duas filhas gêmeas. O Ex-Sósia se dizia um homem feliz.

Num dia de verão, de trabalho, sob um calor que não poderia se dizer diabólico pois nem o Enfurnado ele próprio aguentaria, o Ex-Sósia resolveu raspar a cabeça por um desses decidires súbitos. Passou no barbeiro antes de voltar para casa, pediu máquina zero. Serviço feito. No dia seguinte, a Esposa chamou atenção do Ex-Sósia: conforme publicado nas redes sociais, o Craque havia raspado a cabeça. O panorama capilar era rigorosamente igual ao do Ex-Sósia. O Ex-Sósia e a Esposa riram da coincidência.

Riram um pouco menos na semana seguinte, quando, atacado por uma dor de dente, o Ex-Sósia foi bater na cadeira do dentista e, poucas horas depois, o Craque se deixou fotografar num consultório odontológico, de bocarra aberta.

Na terceira vez, estranharam. Em uma janela de 24 horas, o Ex-Sósia, primeiro, e o Craque, depois, haviam tatuado a mesma palavra ("Abençoado") com a mesma fonte (algo romana) na mesma região do corpo (o antebraço esquerdo). Assim como na ida ao dentista e na máquina zero, o Ex-Sósia não havia documentado nem publicado em redes sociais a tatuagem, que era uma homenagem ao aniversário das filhas gêmeas.

Não sobrou muito tempo para hipóteses, dado o acúmulo de gestos semi-sincronizados nas semanas seguintes. O Ex-Sósia comprou uma moto? O Craque surgia em seguida em cima de uma moto em tudo igual. O Ex-Sósia adotou um cachorro? O

Craque acolhia outro cão parecidíssimo, talvez um totó gêmeo. O Ex-Sósia ajoelhou e chorou na igreja? O Craque se fazia um poço de devoção. Não importa se pequenos ou grandes, cotidianos ou solenes, em dias úteis ou em feriados: alguns eventos que se desenrolavam na vida do Ex-Sósia se repetiam, às vezes de modo abastardado, mas sempre parecido, na trajetória do Craque. Até as dietas pareciam coordenadas, no extremo de ambos engordarem e emagrecerem juntos. A situação bateu tal nível de estranheza que a Esposa do Ex-Sósia passou a desconfiar retrospectivamente do marido pelo que o Craque postava nas redes sociais, a exemplo da oportunidade em que o Craque brotou ladeado por mulheres num churrasco, ou da ocasião em que o Craque se filmou queimando notas de dez reais (dez era o número da sua camisa dos tempos de jogador).

Inquietos e ansiosos para compartilhar o que viam, o Ex-Sósia e a Esposa dividiram suas impressões com parentes e amigos. Viraram motivo de chacota: "O que o Craque ganharia com isso?". Não tinham resposta, pois, se não ressaltei o suficiente, ressalto agora: até os acidentes se repetiam. O Ex-Sósia caiu de uma escada na troca de uma lâmpada? O Craque se esborrachava pendurando luzes de Natal, e acalmava os fãs nas redes. O Ex-Sósia cortou o dedo fatiando limão para uma caipirinha? O Craque, recém-machucado, fazia propaganda de curativos. Um macaco silvestre invadiu a cozinha da casa em que o Ex-Sósia vivia com a Esposa e as filhas? Outro símio, maior ainda, comia chocolates da despensa da mansão do Craque, numa incursão flagrada pelas câmeras de segurança.

Por um domingo inteiro, no extremo da irritação, o casal se revezou ligando para os números que ambos tinham do Craque (dos tempos do processo e mesmo de antes disso, de quando o imitador buscava — sem sucesso — camisas autografadas do ídolo e imitado). Os telefones que seguiam ativos sequer eram atendidos. As mensagens por aplicativos de mensagens não eram lidas.

Atrás de uma prova, resolveram em conjunto que o Ex-Sósia divulgaria uma ação qualquer nas suas redes sociais, que andavam desativadas, à espera de que o Craque despontasse reproduzindo o mesmo ato na sequência. Deu mais ou menos certo: o Ex-Sósia se fotografou na academia, olhando um espelho, e publicou; em minutos, o Craque fez o mesmo — o problema é que ninguém acreditou. Pior ainda: em uma mensagem particular, um seguidor antigo do Ex-Sósia reagiu perguntando se ele havia voltado a trabalhar como sósia e, em caso de resposta positiva, o quanto cobraria para sair de uma caixa-surpresa num baile da terceira idade (um empreendimento de risco).

Na posse de um segredo que ninguém parecia disposto a admitir com seriedade, o Ex-Sósia se pegou imaginando um dia o que aconteceria se cometesse atos infames, mesmo na encolha: se não crimes e contravenções, infrações contra a respeitabilidade e o senso comum. Desistiu, pois, afora atrocidades que renderiam anos de cadeia para ele mesmo, qualquer outro "excesso" se encaixaria sem ruído na roleta vital do Craque. O que, para o Ex-Sósia, soaria vexatório, para o Craque seria típico, pois a tipologia das condutas do Craque povoaria um catálogo inacabado, enquanto a do Ex-Sósia não preencheria sequer um folheto. Ao Ex-Sósia, restaram vinganças no mundo dos sonhos — num desses sonhos, bebia da caixa de gordura; noutro, ia ao zoológico nu, pulava um fosso e se agarrava às jubas de um leão. Quando acordava, ia embora o alívio: olhava as redes sociais do Craque e repassava as fotos recentes de ações que eram também suas na origem.

Tão exasperada quanto o Ex-Sósia, a Esposa aconselhou o marido a consultar o advogado (aquele mesmo, o sósia involuntário de um vilão de novelas), dessa vez pagando. Mas, a caminho da reunião agendada depois de sucessivas lembranças e sugestões da Esposa, desatou o imprevisto. Assaltantes de banco trocaram tiros com a polícia em uma via expressa, lamentavelmente no mesmo trecho em que o Ex-Sósia passava com sua moto. O Ex-Sósia levou um tiro em cheio no ombro, e, socorrido, chegou inspirando cuidados à emergência de um hospital público.

A caminho do hospital, já inteirada de alguns sinais positivos dentre o ainda grave quadro de saúde do marido, bateu à Esposa uma variedade piedosa e orientada à ação do que Miguel de Unamuno chamou de "sentimento trágico da vida": ligou para o Craque, de forma a preveni-lo do risco de levar um tiro também. Tentou o primeiro número do ídolo na agenda. Deu sinal. Uma voz desconhecida atendeu.

O Golem do Méier

"A bem da verdade, Rava criou um homem,
um golem, usando as forças da santidade.
Rava enviou sua criação a Rabi Zeira.
Rabi Zeira falava com ele, mas ele não respondia.
Rabi Zeira disse a ele:
"Tu foste criado por um dos membros do grupo,
um dos Sábios. Retorna ao pó".

[**TALMUD BAVLI**, SANHEDRIN 65B]

O ALFAIATE BÉLA SOFER morava e trabalhava no Méier. Mantinha loja própria no bairro, um estabelecimento dos mais estreitos que se tem notícia, num aperto da ordem de um metro e pouco de largura. Era de jornadas longas e ainda assim levava serviço para a casa em que vivia junto a Malka — costureira judia polonesa, quinze anos mais nova, que ele conhecera uma semana depois de chegar ao Rio, em 1947 — e a dois filhos — gêmeos de recém-completados dez anos de idade.

Sofer era um judeu húngaro. Não falava sobre a Guerra com ninguém, nem com a esposa. Do pouco que ela sabia, destacava-se a passagem de Sofer por um campo de refugiados na Áustria, já no Pós-Guerra. De resto, silêncio e o "agora", uma das palavras que mais saltavam do português ainda carregado de Sofer, que era também um homem sério.

Um dos poucos amigos de Sofer no Brasil era o vizinho Chaim, um *clienteltchik*, um mascate nascido na Bessarábia, com dez anos a mais de solo brasileiro e, o que é relevante para este relato, torcedor do America.

Chaim era tão religioso quanto Sofer, o que não era tanto. Nos sábados, descansavam, mas apertavam os interruptores e ligavam o rádio em suas casas. Não tocavam em carne de porco, evitavam frutos do mar, mas, de resto, não exigiam carimbo do que comiam na rua. Ambos passaram por *yeshivot*, escolas religiosas, durante a juventude na Europa, o que permite dizer que retinham ciência do que cumpriam e do que deixavam de cumprir na vida adulta. A diferença maior entre eles morava na natureza dos convites que se faziam. De quando em quando, Sofer intimava Chaim a completar o *minian*, o quórum, na sinagoga do bairro. Com frequência um pouco maior, Chaim tentava arrastar Sofer para os jogos do America.

Sofer, no geral, não ia. A duras penas, Chaim conseguiu levar Sofer para o segundo jogo da Final do Carioca de 1955, disputado no já entrado 1956, no Maracanã. Apertado entre amigos de Chaim, Sofer viu o America golear o Flamengo por 5x1 — gols de Ferreira, Alarcón, Canário, Leônidas e Romeiro, numa exibição festejada e comentada por Chaim e pelos amigos em iídiche, enquanto o jogo se desenrolava. *"Ir vet kumen, vi es oder nisht"* — "você virá, querendo ou não", disse Chaim a Sofer enquanto desciam a rampa do estádio. Falava do terceiro jogo da Final, três dias depois. Sofer acabou se escusando (era dia de semana, afinal), não foi. O Flamengo venceu por 4x1, e se saiu campeão.

Chaim seguiu chamando por mais um ano. Sofer persistiu negando ou, quando de bom humor, dando novas e velhas desculpas. Só mudou de atitude quando soube, da boca de Chaim, que um judeu, e logo *ingerischn*, húngaro, viria treinar o America. Gyula Mándi era o nome do homem, que ainda chegaria ao Brasil. Na ficha verbal enunciada por Chaim na sequência, Mándi era um dos responsáveis pela Hungria "ter chegado aonde chegou", isto é, campeã olímpica e vice-campeã mundial, tudo nos cinco anos anteriores. Para surpresa de Chaim, Sofer, que não dava mostras de ser muito boleiro, sabia quem era Mándi. Lembrava de Mándi como jogador "dos tempos de MTK", quando ele, Sofer, era moleque e torcedor casual do time mais identificado com os judeus de Budapeste.

Sofer não elaborou muito em cima dessa revelação. Mas se postou ao lado de Chaim e às vezes até sozinho para presenciar cada marco dos primeiros meses de Mándi no Brasil, entre agosto e outubro de 1957: do desembarque de um Mándi de sandálias no Galeão ao primeiro treino no campo da Rua Campos Sales; do primeiro clássico com um Mándi fumando como um desesperado à beira do gramado (1x1 com o Fluminense, em São Januário) ao dia em que Sofer topou com Mándi por acaso a bordo de um ônibus na altura do Engenho Novo. Nessa conversa, em húngaro, Sofer escutou de Mándi a sua receita para aprender e praticar português: embarcar num ônibus sem olhar placa, sem saber destino, de forma a ser obrigado a buscar ajuda para retornar para casa. Sofer desembarcou daquele ônibus com o primeiro autógrafo da sua vida, do antigo defensor que assistira jogando duas ou três vezes há mais de trinta anos, numa cidade diferente, num estádio que já nem existia mais.

Sofer passou a viver o America com Chaim e os amigos do mascate. Foi ao lado deles e, a despeito do falatório iídiche deles e de seus sotaques da Lituânia à Romênia, que Sofer ouviu o chamado de um velho conhecido. Foi num America 1x2 São Cristóvão, em Campos Sales, num domingo de outubro. O America acabara de perder um pênalti que empataria o confronto e diminuiria o mal-estar da torcida. *Nar, shoyteh, tipesh, meshuga, shmendrik, yukl, shmock, a pots mit oyrn* e até *chuchem* — que, na origem, queria dizer "sábio": enquanto os amigos de Chaim xingavam até a última geração de todos que estivessem dentro e à beira do campo, Sofer distinguiu a voz de seu único irmão[8].

Há dezenove anos Béla (Sofer) não via Sandór, um par de anos mais novo. "*Oy, Briderl!*" — "Oi, irmão!". Da última vez, estavam num café em Budapeste, cada um saindo para um rumo diferente. Agora, estavam a três degraus de separação numa arquibancada de concreto numa tarde quente na Tijuca. Sandór era outro: além das rugas, das marcas, de tudo que o tempo imprime, usava barba, terno, chapéu e uma mochila de lona. "*Oy, Briderl!*". Os dois se juntaram num abraço, esqueceram do resto. Béla deixou Chaim e os amigos para trás, abandonando Campos Sales em meio às vaias aos jogadores no fim da partida.

---

8 *Nar* e *shoyteh* são variações de "bobo". *Tipesh,* uma variante de "estúpido". *Meshuga* quer dizer "maluco". *Shmendrik,* uma espécie de tolo ultra ineficiente. *Yukl,* "idiota". *Schmuck,* "babaca". *A pots mit oyrn,* "um pênis com orelhas".

Pelas ruas da Tijuca e no bonde rumo ao Méier, Béla e Sandór colocaram o básico da conversa em dia, num tempo verbal que começava quase duas décadas antes e terminava no "agora". Sandór contou que passara um tempo nos Estados Unidos e outro tanto em Israel, mergulhando nos labirintos do Talmud, e mais um bocado rodando, do Egito ao Haiti, do Iêmen ao Canadá. Não tinha casa, vivia de longas conversas que se prolongavam em estadas. A estada do Rio, antecipou Sandór, não duraria mais de três dias, por mais que "quisesse ficar". Chegaram ao Méier a tempo de jantar com Malka e os meninos, todos introduzidos à figura de Sandór, da qual não conheciam anteriormente nem o nome.

Sandór dormiu na sala com os sobrinhos. Pela manhã, acompanhou o irmão para a sinagoga, para a oração matinal. Havia um pouco mais do que o quórum mínimo de fiéis e, naquele microcosmo, Sandór parecia o mais religioso, ainda que não do tipo ortodoxo com que eles costumavam topar em eventos da comunidade. Sandór não aparentava ter feito *teshuvá,* um retorno à tradição judaica, da forma convencional: tinha a aparência ortodoxa na vestimenta, na contrição e nos gestos que performava durante a oração, mas guardava, ao mesmo tempo, um traço mundano, de andarilho que vira de tudo e de quem, apesar de ter pouco, aparentava viver grande. Para Béla, o Sandór de 1957 era a mistura do Sandór que vira pela última vez no café em Budapeste com outro novo, que crescera sobre a casca do anterior.

Foi aquele Sandór, meio velho, meio novo, que tomou o caminho da alfaiataria ao lado de Béla, na saída da sinagoga. Foi aquele Sandór, meio velho, meio novo, que pediu a Béla um favor, enquanto o irmão abria a porta da alfaiataria.

* * *

O America 1x2 São Cristóvão em que Béla e Sandór se reencontraram não passaria à posteridade como uma partida qualquer. Foi logo interpretado como um ponto de virada na trajetória do treinador Gyula Mándi no America. Nessa chave, ganharia crônica de Nelson Rodrigues ainda um mês depois. Para o cronista, aquela derrota marcou o renascimento do conjunto americano:

> Mas toda a doença tem a sua evolução. E qualquer doente vê, diante de si, duas hipóteses: ou perece ou cura. Há também a terceira hipótese da cronicidade. Felizmente o América não morreu, nem virou crônico. Pelo contrário: na sua histórica clínica, neste campeonato, pode-se fixar o momento exato em que começou a sua recuperação. Foi no jogo com o São Cristóvão. O quadro sofreu uma derrota ignominiosa. E quando os jogadores abandonavam o campo, o quadro social rompeu numa tempestuosa, numa incoercível, numa medonha vaia contra a equipe. Vaia contra a equipe e aplausos para o técnico.
>
> O caso do clube rubro demonstra o seguinte: há, em futebol, o que se chama terapêutica da vaia. Nada melhor para um time enfermo. A partir do instante em que se viu apupado pelo próprio quadro social, o onze rubro entrou em convalescença. Já no compromisso seguinte, o que entrou em campo foi outro América. Eram mesmos os jogadores, mesmo o técnico, mesma a camisa, e, entretanto, ocorrera um processo psicológico decisivo. A equipe passou a demonstrar outra autoridade, outra gana, outra garra. Deflagrara-se, nele, o impulso furioso para o triunfo[9].

---

9 "Última Hora", 23/11/1957

Foram essas linhas publicadas no jornal "Última Hora" que os filhos gêmeos de Béla penaram para traduzir do português para o iídiche, a pedido do pai.

* * *

Eis o que Sandór pediu a Béla enquanto o irmão abria a alfaiataria: companhia para ir ao *zump*, ao pântano, bem cedo na manhã do dia seguinte. "*Geyn tsu a zump?!*", "ir a um pântano?!", estranhou Béla, ao que Sandór respondeu com a serenidade de um chefe de estação numa manhã sem trens: 1) precisava de lama suficiente para encher uma banheira; 2) um "conhecido" iria junto, com baldes; 3) esse mesmo conhecido passaria no Méier de carro e os levaria ao pântano; 4) depois, Béla saberia mais. A explicação de Sandór ficou aí.

Na manhã seguinte, quando já era possível enxergar um conhecido a uma distância de quatro cúbitos, saíram do Méier sem mais perguntas nem respostas, apertados a bordo de um Chevrolet 3100; no volante, ia um *hassid*, um judeu ortodoxo que não dirigira a palavra a Béla. Pararam junto a uma área de mangue na Praia de Tubiacanga, na Ilha do Governador.

O *hassid* desceu, abriu a caçamba da caminhonete e fez descer dezoito baldes de metal com a ajuda dos irmãos Sofer. "*Der blote iz far a Goylem*", disse Sandór a Béla. "A lama é para um golem" — Béla ainda processava a frase do irmão quando o *hassid* lhe entregou um *talit* (o xale ritual) e um saco de veludo com *tefilin* (filactérios). Rezaram os três as passagens da oração matinal permitidas para quando não há quórum, guardaram os *talitim* e os *tefilin* e se puseram a catar lama com as mãos. Em quarenta minutos, encheram os baldes e carregaram a caminhonete.

Os irmãos Sofer desceram no Méier sujos; o *hassid* seguiu seu rumo — ignorado, incógnito e, da perspectiva de Béla, inominado. Largaram os dezoito baldes de metal na sala. Não conviria deixá-los no banheiro, pois a tarefa era santa, explicou Sandór: *"erlech iz shverlech"* — "ser honesto é difícil". *"Der blote iz far a Goylem"*, disse Béla a Malka, que guardou o tapete e saiu pela porta. Voltou com uma tina imensa, emprestada de uma vizinha. "A lama é para um Golem" — a frase de Sandor no manguezal passara a Béla, correra a Malka e se instaurara como monumento verbal em si mesmo naquela casa, naquele dia, sem que os donos da casa sequer se perguntassem "por quê". *"Der blote iz far a Goylem"* — transes, mesmo meio metódicos, meio contidos, precisam de motivos? Béla foi trabalhar.

Quando os meninos voltaram da escola, à tarde, toparam com o tio Sandór na sala, sussurrando junto à tina. Tinha as mangas arregaçadas como uma lavadeira. Esculpia em lama formas que, àquela hora, não eram mais que cones e esferas. Havia respingos no teto. *"Der blote iz far a Goylem"*, disse Malka da porta da cozinha, ao notar tanto a chegada quanto a surpresa dos filhos.

A noite chegou. A prática escultórica, de um frenesi ligeiramente acima do audível, somou-se de jeito natural à rotina da casa. Béla chegou, Sandór moldava com as palmas das mãos. O jantar estava servido, Sandór talhava com as unhas. De tão constante, a atividade virou som ambiente; não deteve Béla, Malka e os meninos de irem dormir acomodados pelos cantos do único quarto da casa.

Eram 3h16 da manhã quando Béla ouviu um estrondo. Levantou-se. Malka e os meninos seguiram dormindo. Ao abrir a porta que dava para a sala, Béla viu a tina virada, o chão tomado por um rastro de lama, pedaços de papel e Sandór sentado no sofá. Ao lado de Sandór, havia uma colossal figura humana, humana em tudo, afora os olhos de um escuro só, sem brancos, sem íris, sem pupilas. Tinha a cor do pó e da terra, pois o pó e a terra, como os homens, possuem muitas cores. Seu rosto exibia expressão neutra, e era atravessado por sulcos — mais do que rugas — que pareciam imemoriais. Vestia apenas uma coberta. "*Mir geyen keyn Argentine*" — "vamos à Argentina", disse Sandór. "*Farvas?*", perguntou Béla. Sandór não explicou o "porquê"; apontou para o golem, recolheu o próprio dedo e trouxe-o à boca, num movimento de fecho, de silêncio. O golem, como golem, não falava. Sandór, como homem, não queria dizer muito.

Da rua, soou uma buzina. Sandór catou a mochila de lona. Béla abriu a porta. Diante da casa, estava o Chevrolet 3100; o *hassid*, no volante. Sandór passou pela porta primeiro; o golem, abaixando-se, depois. Enquanto o *hassid* saltava, abria a caçamba e levantava um oleado, de maneira a fazer lugar para o golem, que se deitou como um morto, Sandór abraçou Béla num silêncio logo interrompido: "*Farvas nisht fraier?*", perguntou Béla, "por que não antes?" "*Ikh vis nisht*" — "eu não sei", disse Sandór, já se afastando e tomando o rumo da caminhonete.

Sandór embarcou. Da janela do automóvel, deu adeus. Béla acompanhou a caminhonete com os olhos até onde pôde. Quando o último fragmento de luz irradiada do farol sumiu, voltou para casa. Encontrou Malka de pé junto à porta do quarto. Ela vira o golem pela fresta. Não dormiram mais aquela madrugada.

***

(Béla) Sofer seguiu a vida, com mais trabalho, mais idas à sinagoga do que de costume e mais algumas visitas ao Maracanã ou à Campos Sales, para ver o America ao lado de Chaim e de seu *sthetl* portátil, sua aldeia móvel de amigos. Os meninos em casa especularam alguns dias sobre o golem que nem chegaram a ver; apesar de maravilhados na origem, ambos acabaram se esquecendo de seguir imaginando.

Numa quarta-feira de fevereiro, já em 1958, Sofer estava no Maracanã, para um America x Santos, estreia no Torneio Rio-São Paulo. No campo, um menino de nome Pelé acabara de marcar seu quarto gol no jogo, o quinto e último do Santos. Um dos amigos de Chaim, um *yekke*, um judeu alemão do tipo menos arrogante, perguntou se alguém tinha ouvido falar do achamento de onze criminosos de guerra nazistas na Argentina. Nenhum dos amigos sabia. O *yekke* soubera ele mesmo por um conhecido de regresso de uma viagem de negócios. A história, que de acordo com o conhecido do *yekke*, havia saído num jornal iídiche de província, seguia assim: nas semanas anteriores à publicação da nota, uma estranha dupla havia sido vista circulando pelos arrabaldes da província de Misiones, perto da fronteira com o Paraguai; essa dupla, composta pelo que parecia ser um mascate judeu e um guarda-costas de óculos escuros e vestido à campeira, desbravava campos e florestas para nada além de entregar cartas; não hesitavam, não perguntavam, iam direto ao destino e entregavam um envelope por vez; o redator do jornal, conforme contado ao *yekke*, dizia não ter levado o fato em grande conta até o momento em que o próprio jornal recebera uma correspondência, pelo correio; na carta, em iídiche, havia uma lista com onze nomes e endereços de homens que alguns judeus preferiam esquecer — carrascos livres e residentes na província de Misiones; por saber distinguir inclusive a "cor dos olhos" de alguns daqueles homens, o redator informava aos leitores que se sentia obrigado a reproduzir a lista, "para conhecimento geral". Bem quando o *yekke* terminou de contar, o America descontou, gol de Hilton, placar final: America 3x5 Santos. Gyula Mándi seguiu balançando no cargo de treinador. Sofer esqueceu do jogo.

* * *

Três meses depois, quando Mándi já não era mais treinador do America, Béla recebeu uma carta despachada da Bolívia. Como remetente, figurava um certo "Sr. Oygn"[10]. Dentro havia três páginas e um fragmento de papel. Na primeira página, escrevia Sandór — era ele, definitivamente: contava que viajava sozinho de novo, após alguns "imprevistos com meu companheiro de jornada durante a estada no Paraguai", "um desfecho lamentável, conforme alertavam os sábios". Ao fim dessa mesma folha, a título de complemento, recordava um encontro com um poeta quase cego num café em Buenos Aires — "*a goy, aber a chuchem*", "um gentio, mas sábio", apresentado a ele por um conhecido comum, um professor universitário. "Falamos por umas três horas. Ele escrevia também histórias fantásticas, conhecia algo da Cabala e dos portentos ocorridos em Praga nos dias do Maharal, bendita

10 Em iídiche, "olhos".

a sua memória[11]. Queria saber mais sobre o grande Ibn Gabirol, bendita a sua memória, aquele que criara uma serva golem e fora obrigado a reduzi-la de novo a pó, para não ser condenado por feitiçaria[12]. Enquanto conversávamos, o meu golem aguardava do lado de fora". Nas outras duas páginas, havia um poema batido à máquina, em castelhano, assinado "Jorge Luis Borges / Marzo 1958", que abria da seguinte forma:

> Se (como o grego afirma no Crátilo)
> o nome é arquétipo da coisa
> nas letras de *rosa* está a *rosa*
> e todo o Nilo na palavra Nilo.
>
> E, feito de consoantes e vogais,
> haverá um terrível Nome, que a essência
> codifique Deus e que a Onipotência
> guarde em letras e sílabas cabais.
>
> Adão e as estrelas o souberam
> no Jardim. A ferrugem do pecado
> (dizem os cabalistas) haviam-no apagado
> e as gerações o perderam.

---

11 MaHaRal é um acrônimo para a forma em hebraico do título "Nosso Professor, o Rabino Loew", dado ao Rabino Judá Loew Ben Betzalel, um mestre do Talmud e Cabala nascido no século XVI. Ao Maharal se atribui a criação de um golem para proteger a comunidade judaica de Praga.

12 O poeta e filósofo Salomon Ibn Gabirol nasceu em Málaga, então sob o Califado de Córdoba, no século XI. Seus escritos deitaram raízes na liturgia e na literatura judaicas, estendendo suas influências para os mundos cristão e islâmico.

Os artifícios e o candor do homem
não têm fim. Sabemos que houve um dia
em que o povo de Deus buscava o Nome
nas vigílias da judiaria[13].

Restava o fragmento de papel no envelope. Enlameado, por ora seco, carimbado sem método por pó ou terra — nele, Béla pôde ler escrito em letras de um fogo negro a palavra "מת", "*met*", "morto". Olhando melhor, enxergou um א, um *alef*, apagado. Onde antes estava escrito "אמת", "*emet*", "verdade", estava agora escrito "morto".

---

13 Aqui em tradução livre, o poema "*El Golem*", de Jorge Luis Borges, foi publicado originalmente na edição de julho-agosto de 1958 da revista "Davar". Em 1964, saiu como parte do livro "*El otro, el mismo*".

A costura

NO DIA 25 DE SETEMBRO DE 1929, quinta-feira, desce do vapor Giulio Cesare no porto de Santos um certo Srul Salomon, passageiro de terceira classe, imigrante judeu polonês de vinte e dois anos de idade, sapateiro. Desembarca sem a esposa, Sura, que ficou na Polônia à espera de viajar para o Brasil com os pais e os irmãos dela num futuro próximo.

Quatro dias depois, no Rio de Janeiro, o Vasco da Gama vence o America por 2x0, gols de Santana e Oitenta-e-Quatro, num jogo válido pelo segundo turno do Campeonato Carioca. O torneio máximo da capital dos Estados Unidos do Brasil se configura de vez como um duelo entre os camisas negras e os campeões rubros de 1928. Nas arquibancadas, de acordo com apontamento da "Gazeta de Notícias", duas torcedoras do America partem para a briga depois de serem alvos de agressões verbais de um torcedor não-identificado, que apanha das duas, "vibrantemente ovacionadas pela multidão" presente no Estádio das Laranjeiras naquele domingo[14].

* * *

No dia 24 de outubro, uma quinta-feira, a Bolsa de Nova York quebra no grande "crash", o prenúncio da Grande Depressão que arrastaria a economia global nos próximos anos.

No dia seguinte, um menino chamado Manoel Dutra Nunes, filho do tipógrafo Hostiano Nunes, completa dois anos de idade e de Grajaú, nascido que era na esquina da Rua Marechal Jofre com Mearim.

No domingo, 27, o Vasco da Gama carimba a pretensão ao título carioca, com uma vitória de 1x0 sobre o rival Flamengo, com gol de pênalti do ídolo Russinho, pela última rodada do segundo turno, nas Laranjeiras. Para ser campeão, o time de São Januário depende, a partir de agora, de um empate ou derrota do America num jogo remarcado com o Botafogo.

No dia 3 de novembro, o America força uma final contra o Vasco da Gama ao vencer, no estádio da Rua Campos Sales, o Botafogo, que já não queria mais nada no campeonato, por incríveis 11x2. Conta a mitologia que os jogadores botafoguenses teriam passado pelo menos a manhã daquele domingo na praia, expostos ao sol, e que as queimaduras na pele teriam atrapalhado até a colocação dos uniformes alvinegros[15].

---

14 "Gazeta de Notícias", 01/10/1929.

15 "Jornal dos Sports", 06/11/1966; "Jornal do Brasil", 23/11/2001.

Dias depois, Hostiano deixa a sua Tipografia Brasil, na Rua Senador Pompeu, 181, e parte para casa levando consigo uma estátua comprada mais cedo.

* * *

Srul havia conhecido a futura esposa no clube Macabi, de Varsóvia.

Com quarenta e três anos de idade, Hostiano era mais velho que o próprio America, seu time, fundado em 1904. O tipógrafo e seus filhos eram America, visceral e inelutavelmente America. Se fosse possível tingir a lua de vermelho, com passagem de ida e volta segura, os pintores pioneiros seriam Hostiano e seus filhos, entre eles Mario, Pedro e o pequeno Manoel.

Srul costumava expressar não apenas o desejo, mas a necessidade de "beijar o chão" do Brasil. Não sei se já dizia isso quando ainda estava entre a cidade de Santos e o bairro do Bom Retiro, em São Paulo, em seus primeiros dias por aqui.

A estátua que Hostiano comprou era para presentear o goleiro Joel, um ídolo da torcida americana, quase santo no altar dos Nunes no Grajaú.

* * *

No 10 de novembro, domingo, Vasco e America se enfrentam nas Laranjeiras, campo neutro, no primeiro jogo de uma melhor de três. Campeão que fora em 1928, o America busca o bi, que representaria o seu quinto Carioca da história. Na outra ponta, os camisas negras do Vasco almejam o terceiro título na competição, uma reafirmação no topo do futebol carioca depois de um hiato de cinco anos sem conquistas. "Momentos houve que se tinha a impressão da queda da cidade americana, e logo aparecia a brilhante figura de Joel para anular todos os esforços contrários", documenta a "Gazeta de Notícias". "A Manhã" classifica as defesas de Joel como "verdadeiramente alucinantes"[16]. Termina 0x0.

Na segunda partida, numa sexta-feira de feriado pelo 15 de novembro, o Vasco da Gama abre o placar nas Laranjeiras com Russinho; o America empata de pênalti com Osvaldo, ainda no primeiro tempo. "Joel, a primeira figura em campo, foi como sempre o grande baluarte da defesa americana, portando-se de modo a consagrar-se o *keeper* mais completo e, dizemos sem exagero, que temos visto atuar", celebra "O Paiz".[17] O goleiro e ídolo vascaíno Jaguaré, forjado na estiva e nos campos de várzea, também se destaca. 1x1, placar final.

No dia seguinte, Srul completa vinte e três anos de idade.

No terceiro e último confronto da Final, 24 de novembro, domingo, Vasco da Gama e America se reencontram nas Laranjeiras, diante de 17 mil torcedores. Às portas da sua sede, na Avenida Rio Branco, o "Jornal do Brasil" afixa boletins dando conta do que passa na decisão. O confronto se inicia equilibrado, com Jaguaré e Joel trabalhando até os 21 minutos do primeiro tempo, momento da virada de chave: Russinho assinala o primeiro gol vascaíno. Sete minutos depois, o mesmo Russinho amplia — 2x0 para os camisas negras, placar do primeiro tempo. No regresso do intervalo, Russinho tem um gol anulado e depois

---

16 "Gazeta de Notícias", 12/11/1929; "A Manhã", 12/11/1929.

17 "O Paiz", 16/11/1929.

completa a trinca de gols; também marcam Mário Mattos e Santana — um 5x0 feito de cinco chutes fortes dentro da área: Vasco da Gama campeão carioca de 1929.

Talvez tenha sido no fim da tarde ou à noite, quando a torcida vascaína saiu em carreata pela cidade a berrar "Viva o Vasco!", ou na manhã da segunda-feira — isso é o que menos importa: em algum momento Hostiano decide não presentear goleiro algum com estátua nenhuma.

* * *

Em 1929, Srul ainda não sabia, mas se tornaria vascaíno em breve. Quando batesse no Rio de Janeiro, a partir de 1930, já ao lado da esposa, não demoraria a adotar o time de portugueses com que faria amizade. Diante das lojas de alguns deles, na região da Praça Onze, passaria a costurar bolas de futebol.

* * *

Repasso tal histórico de compasso paralelo para dar conta do seguinte fato — aí sim incontestável: acima da minha mesa, alinhados na constelação de uma mesma estante, orbitam lado a lado um porta-retrato com a foto de Srul, um dos bisavôs maternos, ao lado de minha bisavó, Sura, e a estátua comprada por Hostiano, um dos bisavôs paternos.

Por uma coincidência adicional, encontro abaixo da estátua o original do Cartão de Identificação do Contribuinte (CIC) do meu bisavô Srul (validade: 31/12/1973, quatro anos e oito meses após sua morte), deixado ali ao acaso por mim algum dia, de forma a evitar o vento — ou talvez, em retrospectiva, por encomenda inconsciente deste conto.

Além do CIC de Srul, acho ainda na estante um cartão plastificado que conheço há anos. Chegou às mãos do meu avô paterno, Manoel, em seu aniversário de cinquenta e sete anos, junto a um presente — a estátua que deveria ter sido do goleiro Joel. Batido à máquina pelo meu tio-avô Pedro, o cartão diz:

> HISTÓRICO DESTE TROFÉU
>
> Em 1929, America x Vasco terminaram o campeonato em 1º lugar, sendo necessário "melhor de três" partidas, para apontar o campeão, quando Hostiano Nunes declarou: "Se o America for campeão, darei este troféu ao Joel", então "El Guapo" goleiro americano, como era chamado pela crônica internacional.
>
> Os dois primeiros jogos terminaram 0x0 e 1x1, respectivamente. Na 3ª partida, Joel cercou cinco frangos e o Vasco venceu por 5x0!!!
>
> MORAL DA HISTÓRIA: Este troféu não foi presenteado ao Joel, continuando de posse da família Nunes.
>
> Prezado mano Manoel:
>
> Nesta data, em que você completa mais um ano de vida, não só apresento os mais efusivos e sinceros cumprimentos, desejando-lhe todas as felicidades, como também o prazer de passar às suas mãos, esse troféu, herança de família, com o histórico do mesmo.
>
> Rio de Janeiro, 25 de outubro de 1984.
>
> ASSINADO: Pedro Dutra Nunes

Penso nas juras de sangue e nos rios vermelhos a correr por baixo das maiores glórias e das maiores vergonhas, lembro das vendetas a atravessar gerações e a salgar terras nas fazendas em pé de guerra, mas me fixo sobretudo em Joel, que nunca recebeu aquele troféu. Para os irmãos Nunes, americanos fanatizados do Grajaú, o goleiro ainda seguia na condição de culpado banhado *em bronze*, do alto do ano da graça de 1984, pelo vice-campeonato carioca de 1929. Cinquenta e cinco anos separavam a decisão do Carioca de 1929 da festa em que meu avô ganhou a estátua, e era como se nada tivesse mudado no juízo dos irmãos Nunes sobre o que se passara entre America e Vasco da Gama nas Laranjeiras num remotíssimo domingo de novembro. E daí que Joel de Oliveira Monteiro, ex-goleiro do America, do próprio Vasco da Gama e da seleção brasileira na Copa do Mundo de 1930, já contasse em 1984 oitenta anos de idade? Em 1929, "cercou cinco frangos"!

Quem revisita, entretanto, a história das últimas três partidas do Campeonato Carioca de 1929 percebe um veio de injustiça no juízo dos irmãos Nunes sobre "El Guapo", que morreu em 1990. Pelos relatos da imprensa, o Vasco da Gama dominou os dois duelos iniciais da melhor de três, ficando aquém de duas vitórias e do título logo de cara tão somente por falhas na finalização. Ao que consta, o terceiro e decisivo confronto seguiu o roteiro de controle vascaíno, com os camisas negras dessa vez acertando — demais — no ataque. As linhas defensivas e de meio dos rubros, seguem os registros, complicaram a vida de Joel, que, se muito, falhou no último gol do Vasco, errando no cálculo ao tentar bloquear o chute de Santana. Para "A Manhã", "Joel, como sempre, foi a maior figura e os gols que deixou passar eram indefensáveis". Nas chamadas para a cine reportagem exibida ao longo da semana seguinte nos melhores cinemas cariocas, as defesas de Joel foram anunciadas com destaque, ao lado das de Jaguaré[18].

Fora da casa dos Nunes, o mais alvejado pela caça às bruxas americana acabou sendo o volante Floriano, o "Marechal das Vitórias", que não jogou bem, tendo sido substituído no intervalo depois de atuar, de acordo com relatos da época, adoentado ("A Manhã": "nada fez senão falhar"). Segundo a descrição copiosa do "Jornal do Brasil", a substituição de Floriano teria sido exigida por Joel em campo, logo depois do segundo gol vascaíno[19].

Os Nunes escolheram odiar Joel.

* * *

---

18 "A Manhã", 26/11/1929 ; "Correio da Manhã", 26/11/1929.

19 "A Manhã", 29/11/1929; "Jornal do Brasil", 26/11/1929. Por cima do mau desempenho, não faltou quem lançasse dúvidas sobre a esportividade de Floriano, e isso ainda no vestiário, de acordo com o próprio jogador ("A Noite", 25/11/1925): "sentindo-me em más condições de jogo, vi que encerrava o primeiro *half-time* com a terrível ameaça que pesava sobre o meu bando americano. Entrei para o vestiário e percebi que alguns diretores do America confabulavam à meia voz, olhando muito para o ponto em que eu me achava. Não tive dúvidas de estar entre a ingratidão, que não merecia, e a suspeita, que não admitiria em hipótese alguma. Dirigi-me então ao Sr. Jayme Barcellos, diretor esportivo do America, e pedi-lhe que me substituísse da equipe. Aleguei que não me sentia bem e que, em mau dia, poderia não ter forças para resistir a tudo. Eu era o primeiro a achar que não estava jogando como de outras vezes, indisposto e fatigado como nunca, preferindo que outro, em melhores condições, ocupasse o meu lugar". Aos 12 minutos do segundo tempo, no terceiro gol de Russinho, Floriano, já fora da partida, decidiu deixar as Laranjeiras. Bateu de volta para a Rua Campos Sales.

No porta-retrato, Srul sorri ao lado de Sura numa foto tirada em Varsóvia, em 1929, antes de ele partir para o Brasil.

* * *

Na infância, via a estátua na casa dos meus avós paternos: um jogador de futebol coberto de bronze, vestido como nos tempos do amadorismo, congelado numa finta para sempre incompleta. Não ri; tem a face séria, de *sportsman*. Antes de saber da história toda, tomava erroneamente a escultura por um troféu conquistado pelo meu avô, Manoel, dos tempos que ainda sonhava em jogar pelo America.

* * *

A estante sou eu.

Ir a um jogo

IR A UM JOGO ME É como mover um baú dos bons
De viveres aumentados e quases de morte
Coloridos de cheiros, degustados por sons
(O futebol me dá às memórias um corte).

O baú que comigo viaja me guarda raios e relâmpagos
Roubados dos céus de dias e noites, de triunfos e fracassos
Itens de abismo, todos extremos em seus âmagos
(Das partidas chatas, lamento, perdi as notas e os traços).

O seu Davi um Golias de ocasião já abateu?
O meu já, num gol em que a bola entrou pedra
Festa de todos, menos minha; meio minuto, breu
Acordei sentado, num reviver que medra.

Noutro, o cerro do Puruchuco viu quatro minutos do ápice
Derrota virou empate virou vitória virou para sempre
Um anjo a Lima veio, um, dois a um: e eu sem apólice
Rolando pelos degraus como pacote que se compre.

No baú que bem levo na calota, tudo eu re-acho
Um menino da Cruzeiro vira dez vezes imperador
Um galo de feridas esporas faz da glória eterno penacho
Um avô ainda chefia garotos deste lado do Equador.

E a chuva, que me rendeu mil resfriados
A correria pela rampa, o gás lacrimogêneo
E meu pai e meu irmão, sempre adiantados
Comigo atrás de padrões — no caos, engenho.

Os três no túnel do Maracanã, o antigo
Escuro e claro, pelas veias de catedral:
De face à imensidão que era abrigo
Pois colosso nosso, templo residencial.

Mesmo curtido, meu baú em vermelho e preto me serve bem
Leva arranhões, marcas na superfície, mas atravessa o teste
Em conjunto, de forma a de-saber quem de fato carrega quem:
Se eu o baú, ou o baú a mim, enquanto vamos de Norte a Leste.